Nous remercions le ministère du Patrimoine canadien,
la SODEC et le Conseil des Arts du Canada
de l'aide accordée à notre programme de publication
ainsi que le gouvernement du Québec
– Programme de crédit d'impôt
pour l'édition de livres
– Gestion SODEC.

| Patrimoine canadien | Canadian Heritage |

| Conseil des Arts du Canada | Canada Council for the Arts |

Nous reconnaissons l'aide financière
du gouvernement du Canada
par l'entremise du Fonds du livre du Canada
pour nos activités d'édition.

Illustrations :
Annick Gaudreault

Montage de la couverture :
Grafikar

Édition électronique :
Infographie DN

Membre de l'Association nationale des éditeurs de livres

ASSOCIATION NATIONALE DES ÉDITEURS DE LIVRES

Dépôt légal : 3e trimestre 2012
Bibliothèque nationale du Canada
Bibliothèque nationale du Québec

1234567890 IM 098765432

La blessure invisible de mon père

COLLECTION
PAPILLON

**Catalogage avant publication
de Bibliothèque et Archives nationales du Québec
et Archives Canada**

Paquet, Claudine, 1959-

    La blessure invisible de mon père

    (Collection Papillon ; 181)
    Pour les jeunes de 10 ans et plus.

    ISBN 978-2-89633-219-9

    I. Gaudreault, Annick, 1983- II. Titre.
    III. Collection : Collection Papillon
    (Éditions Pierre Tisseyre) ; 181.

PS8581.A666B53 2012   jC843'.6   C2012-941131-0
PS9581.A666B53 2012

La blessure invisible
de mon père

roman

Claudine Paquet

**ÉDITIONS
PIERRE TISSEYRE**
w w w . t i s s e y r e . c a

155, rue Maurice
Rosemère (Québec) J7A 2S8
Téléphone : 514-335-0777 – Télécopieur : 514-335-6723
Courriel : info@edtisseyre.ca

Malgré les épreuves,
le soleil continue de se lever
chaque matin.

1

Où est passé
mon papa d'avant ?

Enfin le 15 septembre ! J'ai tellement hâte de voir papa. Il atterrira dans quelques minutes à l'aéroport de Québec où nous l'attendons impatiemment, ma mère, Laura et moi. Passer six mois sans lui nous a paru bien long. Mon père, Patrick, est soldat et il a quarante-deux ans. Il a fait plusieurs missions dans des pays étrangers comme le Rwanda et la Bosnie. Aujourd'hui, il revient d'Afghanistan. C'est la troisième fois qu'il va travailler dans ce pays en guerre.

Ça y est! Une centaine de combattants arrivent. Ils sont accueillis dans le hall de l'aéroport par un orchestre de six militaires et un tonnerre d'applaudissements. Même s'ils portent tous des uniformes semblables, je reconnais tout de suite mon père, un grand frisé de six pieds.

Maman, ma sœur et moi lui sautons dans les bras. Il nous embrasse toutes, mais il a l'air abattu. Ses yeux ont changé. D'habitude, il nous rejoint les yeux pleins de sourire, mais cette fois-ci, il semble triste. Aucune lueur n'ensoleille son regard, comme si la lumière s'était éteinte dans sa tête.

Laura tourne autour de lui et ne cesse de l'enlacer et de le toucher. Une vraie tache! Maman se colle à lui à plusieurs reprises et ferme les paupières comme pour mieux savourer sa présence. Moi, je lui raconte les débuts de ma sixième année à l'école primaire, mais je ne sais pas si ça l'intéresse réellement. On dirait que sa gaieté est restée là-bas. C'est peut-être la fatigue ou encore le décalage horaire.

Maman dit toujours que je dors profondément et qu'un lion rugissant près de mon lit ne réussirait pas à me faire ouvrir les yeux. Pourtant, les cris de papa m'ont encore réveillée la nuit dernière. Ses cauchemars font tellement de bruit que mon sommeil est souvent entrecoupé depuis son retour. C'est nouveau chez lui, ces nuits agitées. Ses mauvais rêves ont débuté il y a deux semaines, lorsqu'il est revenu d'Afghanistan. Avant, tout était normal.

J'en ai parlé à maman qui, elle aussi, forcément, a remarqué l'état inquiétant de papa. Elle a voulu me réconforter en m'expliquant que cette dernière mission a été très difficile pour tous les militaires et que la mort de Mathieu, un ami soldat de mon père, l'a bouleversé. Elle croit que tout reviendra dans l'ordre avec le repos. Je le souhaite, car je m'ennuie vraiment de mon papa taquin et enjoué.

Ça fait un mois que papa est à la maison. Il ne va pas mieux. Il ne rit plus. Des cauchemars incessants meublent ses nuits. Il ne parvient plus à se détendre et, le matin, il a les traits tirés et les yeux rouges. Il est tellement fatigué qu'il n'est pas retourné au travail. Son appétit a diminué de moitié. Papa était un gourmand qui mangeait comme un goinfre et, maintenant, il picore dans son assiette et ne termine jamais son repas.

Hier, notre voisin construisait un cabanon et lorsqu'il a utilisé sa cloueuse automatique, papa a paniqué et s'est précipité dans la maison en se bouchant les oreilles avec les mains. Il est allé se cacher dans le sous-sol. C'est maman qui est allée le sortir de sa torpeur. Elle m'a expliqué que le bruit de la cloueuse lui a rappelé celui des armes. Ce n'est pas normal, tout ça. Où est passé mon papa héroïque?

Maman me répète que le temps arrangera les choses, mais j'en doute. J'ai onze ans et je ne crois plus tout ce qu'on me dit. Je vois bien que ça ne va pas du tout. C'est décidé : demain, je vais discuter sérieusement avec mon père. C'est bizarre... J'ai toujours été à l'aise avec lui, mais là, je suis nerveuse juste à l'idée de lui parler de son état.

Vendredi. La semaine est finie. Yé ! En rentrant chez nous, je fais une suggestion à mon père.

— Papa, j'aimerais ça aller souper *Chez Victor* avec toi. Juste nous deux. Est-ce que ça te tente de manger un bon hamburger et des frites ?

— Euh...

— Dis oui ! Dis oui ! Et après, on ira voir un film, OK ?

— Tu as de grands projets, toi !

— Alors ? C'est oui ?

— Bon. D'accord, me répond-il sans aucune espèce d'entrain.

Une fois devant notre festin, je parle à mon père du prochain spectacle de Simple Plan à Québec. Il m'écoute plus ou moins.

— Papa, où es-tu?

— Tu parles d'une question! Je suis au resto.

— Oui, mais à quoi penses-tu?

Il baisse la tête.

— Roxane, je ne me sens pas bien ces temps-ci. Je suis très fatigué.

— Tu dors très mal, je sais. De quoi rêves-tu?

Il recule sa chaise et dépose sa fourchette.

— Je t'assure que ça va se replacer. Oublie ça. C'est une mauvaise passe.

— Papa, je trouve que tu n'es plus le même. Avant ta dernière mission, tu faisais souvent des blagues, mais là, tu ne ris plus du tout. En plus, tu es souvent dans la lune. Dans un autre monde. Et tu cries la nuit comme si des monstres venaient dans ta chambre pour te faire peur.

— Excuse-moi. Je suis désolé.

— Ce n'est pas grave que tu me réveilles. Moi, je me rendors. Mais pour toi, ça doit être l'enfer. De quoi tu rêves?

— Bon, c'est assez. On change de sujet, OK?

Je vois bien que papa ne me dévoilera pas ce qui le tourmente. Aussi bien passer à autre chose. Je termine mon succulent hamburger alors que papa se force pour mâchouiller quelques bouchées du sien.

— Bon, es-tu prête pour le cinéma, Roxane?

— Bien sûr!

Papa est triste. Au cinéma, je choisis donc un film comique pour l'égayer. Shrek ne le fait pas rigoler comme avant, sauf qu'à quelques reprises il échappe un petit rire. C'est mieux que rien.

Avant-dernier dimanche d'octobre. Aujourd'hui, avec mon amie Marilou et mes parents, je pars faire une randonnée pédestre dans le parc de la Jacques-Cartier. Marilou adore bouger et elle excelle dans plusieurs sports comme la natation, le basketball et le vélo. Je suis contente qu'elle soit avec nous, car ma sœur passe la journée chez une copine. Je croyais que papa abandonnerait l'idée de marcher dans la forêt étant donné sa suite de nuits blanches. Je suis surprise que ce projet l'enchante. Il a rempli son sac à dos de victuailles préparées par maman et il semble heureux d'aller en expédition.

Dans la voiture, papa conduit et maman jase de son travail. Elle est journaliste et fait souvent des entrevues avec des politiciens. Puis, d'un coup sec, elle décide de ne plus parler de boulot et de plutôt admirer le splendide paysage automnal. Les feuilles ont revêtu leurs robes aux couleurs de feu. Marilou et moi jouons aux cartes sur la banquette arrière. Mes parents ont refusé tout jeu électronique. C'est une journée «nature», ont-ils spécifié. Rendus à destination, papa emprunte le sentier d'un pas alerte. Maman lui rappelle notre présence afin qu'il ralentisse la cadence.

C'est un immense plaisir pour maman d'être dans le bois. Elle sourit en se baladant, juste à admirer les arbres et les plantes de toutes sortes. Moi aussi, j'adore l'odeur des feuilles mortes, de la terre et de la forêt qui se refroidissent avant l'arrivée de la neige. Mes espadrilles foulent le sol caillouteux des sentiers étroits. Par terre, j'aperçois quelques fleurs qui ont résisté au temps plus frais. Elles me regardent passer. Bientôt, elles s'endormiront sous un grand manteau blanc.

— Remarquez bien tous ces bruits si différents de ceux de la ville, insiste maman. Ça détend de les écouter sans parler.

Lorsque Marilou et moi cessons de jacasser comme des pies, nous ne percevons que le son de nos pas sur le tapis croustillant de feuilles sèches et le chant de quelques oiseaux.

Tout à coup, à notre droite, nous entendons un puissant craquement entre les branches. Papa s'immobilise d'un coup sec, fléchit les genoux et se jette sur nous.

— Couchez-vous au sol! Couchez-vous au sol! Vite! ordonne-t-il.

Ses yeux affolés me donnent la frousse. Marilou, tout aussi paniquée, me serre le bras.

— Y a-t-il un ours? Ou un monstre? me souffle-t-elle à l'oreille en s'accroupissant.

Après quelques secondes, papa se relève lentement et fait quelques pas, prêt à attaquer vers le lieu d'origine du bruit, qui a finalement cessé. Ce n'était probablement qu'une branche qui a cassé. Un peu plus tard, papa sursaute encore au moment où une perdrix prend son envol.

— Patrick, as-tu peur des perdrix? demande maman en essayant de dédramatiser la situation.

Papa ne rit pas du tout. Au contraire, il sue à grosses gouttes et son visage est défait par la frayeur.

— On ne sait jamais ce qui se cache autour de nous, envoie-t-il à maman, l'air colérique.

On dirait que papa se croit dans un pays en guerre. Pour lui, chaque bruit est suspect et potentiellement dangereux. Je ne le reconnais plus.

En haut du mont, le vent herculéen emmêle nos cheveux. Nous nous assoyons sur des roches plates et contemplons la magnifique montagne éclairée par le soleil. Devant la beauté exceptionnelle du panorama, papa enlace maman et échappe quelques larmes comme si un trop-plein d'émotions le submergeait.

— Excusez-moi.

— Ça va aller, Patrick. Ça va passer, lui dit maman en le serrant contre elle.

Papa ressemble soudain à un garçon de dix ans qui pleure dans les bras de sa mère. Marilou, stupéfaite devant la réaction de mon père, n'y comprend rien. Bouche bée, elle nous regarde tous comme si elle cherchait une réponse quelque part sur nos visages. Maman tente d'expliquer l'affaire.

— Patrick est épuisé depuis son retour d'Afghanistan. Il a vécu des moments difficiles là-bas et, parfois, certains bruits lui rappellent les dangers. Là-bas, il devait toujours être vigilant.

Une fois papa calmé, maman sort les lunchs. Elle a préparé des sous-marins au saumon fumé et fromage à la crème. Elle a même apporté des câpres dans un contenant pour garnir nos sandwiches. Papa grimace autant que moi devant ces minuscules boules vertes au goût acidulé. Maman nous offre du jus de tomate, des bâtonnets de carotte et des carrés de cheddar. Pour couronner le tout, elle a cuisiné de succulents carrés aux dattes et aux canneberges. Miam! Le ventre bien rempli, nous nous étendons sur les pierres plates et nous relaxons en silence.

Le vent insistant nous oblige à repartir. Le trajet du retour est plus facile pour Marilou et moi, car nous n'avons qu'à descendre sans forcer ni suer. Par contre, mes parents ressentent des tiraillements dans les genoux et ralentissent le tempo. Assoiffés après notre dîner plutôt salé, nous vidons rapidement nos réserves d'eau. C'est avec la bouche sèche que nous parcourons les derniers kilomètres de la randonnée. En bas de la montagne, nous allons remplir nos gourdes d'eau froide et, enfin, nous nous désaltérons à souhait. Marilou cale la moitié de sa gourde et verse le reste au sol.

— Marilou, il ne faut pas jeter l'eau. C'est un bien précieux que nous avons ici, lui mentionne papa.

— Oh! Je n'y avais pas pensé, bredouille mon amie qui se sent coupable devant l'air sévère de mon père.

— Ce n'est pas grave, dit maman. Je suis certaine que tu y penseras la prochaine fois. Nous, dans notre maison, nous n'en gaspillons pas une goutte. Je crois vraiment que c'est une bonne habitude à prendre.

Au retour, Marilou et moi tombons de fatigue dans l'auto. Je m'endors en ayant une pensée pour tous ces gens d'ailleurs qui meurent de soif et de faim. Quelle misère !

Je reviens de l'école, pleine d'énergie à la suite de mon cours d'éducation physique. Le professeur nous a fait courir et ça m'a vraiment fait du bien. Plutôt que d'être abattue comme après un cours de maths ou de français, je me sens revigorée. Papa devait venir me chercher dans la cour d'école, mais, de plus en plus distrait, il a encore oublié. Tant pis !

Le mois d'octobre, habituellement frisquet, nous offre une journée remplie de soleil. Ça me donne des ailes. Des idées et des projets fleurissent dans ma tête, comme fabriquer une carte d'anniversaire pour mon amie Sofia, concocter de délicieux brownies, m'acheter un chandail neuf... J'ai même le goût de faire le ménage de ma chambre, ce qui, chez moi, est rarissime!

En arrivant, j'aperçois le coffre à outils de papa sur le balcon. J'ai souvent vu mon père fabriquer des meubles, faire des rénovations ou réparer des babioles, mais il y a très longtemps que cela est survenu. S'il a décidé de bricoler, c'est bon signe. J'imagine que le beau temps agit aussi sur lui. Enfin! Je le rejoins à côté de la maison.

— Salut, papa!

— Allô, Roxane!

— Qu'est-ce que tu fais?

— Je fixe des lumières autour de la maison.

— Ah... Mais on a déjà de l'éclairage sur les balcons d'en avant et d'en arrière.

— Je sais, mais sur les côtés, on n'en avait pas. Aussi bien prévenir, car des voleurs et des bandits, il y en a partout.

Je ne rajoute rien. On n'a jamais eu besoin de lumières à cet endroit, que je sache. A-t-il peur de se faire attaquer? Vraiment, il est de plus en plus méfiant.

Maman stationne sa voiture et nous rejoint, les yeux plissés de fatigue. Ma sœur tourne autour d'elle comme une abeille autour d'un pot de miel.

— Laura, lâche-moi un peu, veux-tu?

— Maman! J'ai faim! J'ai faim!

— Prends une collation. Le souper n'est pas encore fait.

Maman s'adresse à papa qui grimpe dans l'échelle.

— Salut, le grand menuisier! Que répares-tu au juste?

— J'installe des lumières de sécurité partout autour de la maison.

— Quoi? On a déjà assez d'éclairage, réplique-t-elle, contrariée.

— On n'est jamais assez prudent, insiste-t-il.

Maman soupire et rebrousse chemin. Plutôt que d'argumenter, elle entre dans la maison et va préparer le repas. D'autres plis apparaissent sur son front. Quant à moi, mon enthousiasme débordant s'est volatilisé tout d'un coup devant l'état de papa qui semble se détériorer. Il craint toujours le pire.

Je trouve ça tellement lourd que j'appelle Marilou. Elle m'invite chez elle encore une fois et j'accepte avec plaisir d'aller y passer la soirée et la nuit. Ces temps-ci, je m'évade, car tout va de travers ici.

— Papa, il fait super beau dehors. Viens jouer au badminton avec moi.

— Hé! On est presque en novembre!

— Je sais bien, mais il fait beau pareil.

— Bof! Ça ne me tente pas.

— Viens donc! On va aller jouer dans la cour.

— Pas d'énergie pour ça.

— Ça va t'en donner, de l'énergie. Marilou me dit toujours ça quand j'hésite à faire du sport avec elle, et c'est vrai que ça me donne du *pep*.

— Vas-y donc avec Marilou ou avec une autre amie.

— Il n'y a personne de disponible. Allez! Viens avec moi.

— Hi! Que tu es tenace, toi, quand tu veux quelque chose! J'y vais, mais pas plus de trente minutes.

Il me suit, la face longue et le dos rond.

— Papa! Es-tu en forme?

— Oui, oui. Pourquoi me demandes-tu ça?

— Tu es courbé comme si tu transportais la Terre sur tes épaules.

Aucune réaction. Il avance, les jambes molles et l'air découragé. Il est vraiment moche.

Entre deux services, il soupire comme si c'était l'enfer de jouer avec moi.

— Papa! Grouille-toi un peu!

— Hé! Je joue, là. Tu le vois bien.

— Oui, mais tu as l'air de faire un effort surhumain.

— Bon, si tu ne l'apprécies pas plus que ça, je rentre.

Et il s'en va, comme un gamin en colère.

— Papa, tu te fâches comme un bébé lala.

— Sois polie, ma fille.

— Imagine-toi donc que je suis tannée de faire des courbettes pour que tu sois de bonne humeur. Ça fait des semaines que tu es déprimé et qu'on essaie de te rendre joyeux. Moi, je démissionne !

Il demeure silencieux, tête basse.

— Papa, qu'est-ce qui se passe avec toi ?

— Ça ne me tente pas de jouer au badminton. C'est tout.

— Il n'y a rien qui te tente. Tu ne parles plus, tu ne ris plus et tu te fâches pour rien.

— C'est comme ça.

Je constate que mon père est devenu bête. Il ne se retourne même pas et disparaît derrière la porte. Je reste plantée là et je n'ai qu'une envie : pleurer. Le cœur dans l'eau, je téléphone à Marilou et elle m'invite à souper et à dormir chez elle. Je consulte maman et elle accepte, même si elle me fait d'abord remarquer que je suis toujours partie. Tant pis !

Mercredi. Début de soirée tranquille. Papa feuillette une revue, maman lit un roman, Laura peint des dessins à la gouache et moi, j'écris à mes amies à l'ordinateur. Il règne un silence reposant dans notre demeure.

Toc ! Toc ! Toc !

Papa sursaute et se lève d'un bond au milieu du salon. Il déplace sa main vers sa ceinture comme s'il s'apprêtait à saisir une arme. Il s'avance vers la porte d'entrée, très nerveux.

— Patrick ! Calme-toi, bon sang ! lui envoie maman, irritée.

Papa prend conscience de son attitude absurde et se rassoit, visiblement très ébranlé. Il inspire profondément et recule dans son fauteuil. Maman le toise d'un œil sévère et elle va ouvrir.

— Hein ! Salut, François ! Quelle belle surprise !

— Salut, Emmy! Salut, tout le monde! Vous allez bien? dit-il en examinant mon père qui fait semblant d'être content de le voir.

François lui tend la main.

— Comment vas-tu, Patrick?

— Ça va.

François est un collègue de travail de papa depuis plusieurs années. Il m'impressionne par sa taille imposante et ses gros muscles. De plus, son crâne rasé lui donne un air malin. Il retire son veston et je vois son bras gauche tatoué d'un serpent. Il s'assoit et nous questionne sur nos études et nos loisirs. Lorsque le silence s'installe, papa lui propose:

— Viens, François! On va regarder le match de hockey dans le boudoir. Veux-tu une bière?

Les deux hommes se retirent et vont discuter entre eux. Maman entame un nouveau chapitre, bien installée dans la berceuse. Laura et moi la rejoignons dans le salon avec nos bandes dessinées.

— Maman, je trouve que François a une drôle d'allure.

— Oui, il est costaud et a l'air bagarreur, mais c'est un homme très sensible et très humain.

— Je sais bien, mais il faut le connaître pour le savoir.

Tout à coup, on entend les deux soldats parler plus fort en décapsulant d'autres bouteilles de bières. Ils regardent la fin de la partie de hockey. J'aime ça, que papa passe une soirée avec un ami.

Maman, épuisée de sa journée, décide de se coucher en même temps que nous. À vingt et une heures, nous sommes toutes sous les couvertures alors que papa et François poursuivent leur conversation.

Quelques heures plus tard, des voix puissantes me réveillent en sursaut. Je me lève et, à travers les portes vitrées du boudoir, je vois les deux hommes en pleine discussion. Je pense qu'ils ont bu beaucoup d'alcool. Papa gesticule et dit :

— On participait à une patrouille avec deux collègues afghans, quand une bombe artisanale a explosé au passage de notre véhicule blindé. Je revois cette scène chaque nuit. Après le bruit d'enfer de l'explosion qui a tué les deux Afghans, j'ai vu Mathieu se vider de son sang. Il a tourné les yeux vers moi, mais n'a pas réussi à me parler.

— Moi, je revois les kamikazes qui se sont fait sauter avec une grosse charge de dynamite à un de nos postes de contrôle de Kandahar. Tu t'en souviens… Nous avons été appelés sur les lieux pour aider les blessés et faire régner l'ordre. Quel carnage ! résume François.

— C'était épouvantable. Le pire dans ce tableau d'horreur, ce sont les deux fillettes qui sont mortes sous mes yeux en gémissant de douleur. Te rends-tu compte ? Deux enfants de l'âge de mes filles, articule papa en pleurant.

— C'était atroce, en effet, ces deux fillettes…, répète François, tout bas.

Perturbée, je visualise mieux les cauchemars de papa et je comprends son refus de nous les raconter.

François réfléchit à voix haute :

— Tout ça était l'œuvre des talibans, les ennemis de l'Afghanistan. Ils tuent tous ceux qui travaillent à la reconstruction du pays.

— La Bosnie est aussi réapparue dans ma tête, continue papa qui évacue ses mauvais souvenirs.

— Tu recules loin, constate François.

— Tous ces cris et ces images de la Bosnie étaient disparus, mais depuis mon retour d'Afghanistan, tout est revenu. Les cauchemars, les cris, le sang et l'odeur écœurante de la mort !

— On a fait ce qu'on a pu, mon vieux. Moi aussi, Patrick, j'ai des images d'horreur. J'étais avec toi ce soir-là. Mais on ne pouvait rien faire en Bosnie, mon vieux. Nous étions des Casques bleus pour protéger les populations.

— Protéger, protéger… Des paroles en l'air ! On a regardé la mort et on n'a rien fait. C'est dégueulasse ! hurle mon père. Dégueulasse ! Et en Afghanistan, on n'était pas des Casques bleus, mais des soldats dans une mission militaire canadienne, et on n'a pas plus arrêté la guerre. J'ai l'impression d'avoir été dépassé par les événements. Peu importe notre rôle, Casque bleu ou soldat combattant, on est impuissants.

J'épie papa et François qui expriment leur colère. Maman me rejoint et espionne les deux braves qui n'ont plus aucune carapace en ce moment. Ils ne sont plus que des sacs de larmes qui viennent de percer.

— Roxane, viens dormir avec moi, ma belle. On n'y peut rien pour l'instant. Laissons-les aller au bout de leur peine.

Je me blottis contre le corps chaud de maman, le cœur gonflé de chagrin. Les deux hommes se calment et le silence revient. Je m'assoupis enfin et ferme l'œil pour le reste de la nuit.

2

Un zombie
dans la maison

Hier, Laura a fait sortir papa de ses
gonds. Ses cris aigus et ses rires irritent
mon père à l'extrême. Du haut de ses
six ans, elle ne cesse de bouger, de parler,
de sauter et de chanter. Une boule de
bonheur, mais que papa ne trouve pas
amusante du tout. Ce qui le fâche le
plus, ce sont les caprices de ma sœur.

— Arrête de réclamer toutes sortes
de choses! On a tout ici! Tout! Si ta
barre tendre contient des raisins secs

plutôt que des pépites de chocolat, mange-la pareil! Et si on n'a pas de jus de raisin, eh bien, bois du jus de pomme! Cesse tes demandes de princesse. Ça me tombe sur les nerfs! As-tu compris?

Laura, étonnée devant l'agressivité de papa, a éclaté en sanglots. Depuis cet accrochage, elle ne lui parle plus et est toujours agglutinée à maman.

Après cette chicane, alors que Laura et moi étions couchées, c'est maman qui a explosé en larmes. J'ai tout entendu à travers le mur de ma chambre.

— Patrick, rien ne va plus ici. Je suis fatiguée. Je suis l'éponge qui absorbe les tracas de toute la famille en plus de travailler à plein temps. Roxane s'inquiète beaucoup de ton état et elle est toujours partie ailleurs. L'as-tu remarqué? Et la petite a peur de toi maintenant. Moi, je ne sais plus où donner de la tête. Pourquoi a-t-il fallu que tu ailles dans ce maudit pays en guerre? Tout est compliqué à présent!

— Emmy, je suis soldat. C'est mon travail.

— Eh bien, cette fois-ci, c'était trop gros pour toi.

— Arrête! Ne dis pas ça!

36

— Je le dis parce que c'est vrai. Tu as vu des choses sordides et on jurerait qu'un film d'horreur défile sans fin dans ta tête. La guerre t'a brisé à l'intérieur. Admets-le, Patrick. Tu ne parles plus, tu ne ris plus. Tu es ailleurs. Tu es malade. Tu sais pourtant qu'il y a un service d'aide pour les combattants et que c'est confidentiel. Va consulter, je t'en prie.

— Je suis soldat et j'ai été entraîné pour encaisser les coups durs. Je vais m'en sortir tout seul.

— Je ne crois pas, Patrick. Tu es déprimé et ça ne s'améliore pas.

Un long silence a suivi les aveux de maman, puis elle a ajouté :

— Je suis dure et directe, mais je n'en peux plus, moi non plus.

Cette scène s'est terminée par des larmes et des reniflements. J'ai parfois l'impression que la vie familiale ne tourne qu'autour des humeurs de mon père. Va-t-il rester comme ça pour la vie ?

Papa ne tolère presque plus rien : la musique trop forte, le téléphone qui sonne trop souvent, la bouchée de nourriture qu'on laisse dans notre assiette ou encore les jouets qui traînent.

Il est assis sur le sofa et feuillette une revue en tournant rapidement les pages. Maman nous montre des chandails dans un dépliant publicitaire que nous venons de recevoir. Puis, paf! Papa se lève d'un bond et va éteindre bêtement le système de son. Il n'en peut plus d'entendre les chansons enfantines d'Arthur l'aventurier. Laura, détectant de plus en plus les sautes d'humeur de papa, n'a même pas protesté. Le silence plane maintenant dans la maison. Non pas un silence reposant et agréable, mais un silence lourd et pesant comme si on avait reçu une mauvaise nouvelle.

Maman observe papa, s'apprête à lui parler, hésite, puis finalement, elle laisse tomber et retourne à ses occupations. Plus personne n'a le courage de l'affronter. Ses réactions nous font peur.

— Maman, j'ai faim.

— Encore ? Mais on a dîné il y a à peine deux heures.

— J'ai faim quand même.

Ma sœur est minuscule, mais elle mange tout le temps.

— Prépare-toi des rôties, si tu veux.

— Bonne idée !

Et la voilà qui se fait griller des tranches de pain. La croûte commence à brûler et active le détecteur de fumée. Nous sursautons à ce son strident. Papa, lui, se lève brusquement. Furieux, il arrache la pile du détecteur et la lance au sol. Puis, visage rouge et mains trem-blotantes, il se rassoit, essoufflé. Des gouttelettes de sueur perlent sur son front. Maman le guette comme si elle craignait une aggravation de son état. Laura explose en larmes.

— Maman, ce n'est pas ma faute ! C'est le détecteur qui part pour rien. Ce n'est pas ma faute !

— Ce n'est pas grave, ma chouette, répond maman avec affection. Papa n'est pas fâché contre toi. Il est juste super fatigué.

Puis, elle rejoint mon père sur le sofa.

— Patrick, tu ne vas pas bien, lui murmure-t-elle, pleine de douceur. Chaque bruit te fait suspecter le pire. Tu es malheureux et cela ne peut plus durer. Toute la famille s'en ressent. Tu as vraiment besoin d'aide.

— Ça va aller. Je te le promets.

— Ne me fais pas de promesses que tu ne peux pas tenir. Ça fait six semaines que tu es revenu et ça ne va pas mieux. Tu es tellement nerveux. Tu ne dors plus, ne manges plus et tu maigris à vue d'œil. N'essaie pas de me faire croire que tu vas bien. Je ne te reconnais plus.

— Moi non plus, papa, je ne te reconnais plus, dis-je en sanglotant.

Papa, plutôt que de s'obstiner comme il en a développé l'habitude, cache son visage dans ses mains.

— Je n'en peux plus! Je n'en peux plus! lâche-t-il avec sa voix déchirée par la détresse. J'ai tellement honte d'en être rendu là. Parfois, j'aimerais mieux être mort.

Entendant ces confessions alarmantes, je suis incapable d'arrêter de pleurer.

Tendrement, maman saisit le bras de papa.

— Patrick, c'est assez! Je t'emmène à l'hôpital. Viens avec moi.

Papa ne résiste même pas. Il n'a plus aucune énergie pour lutter contre quoi que ce soit. Maman prend les choses en main.

— On va à l'hôpital pour l'instant et on verra plus tard pour le programme d'aide des Forces canadiennes.

Puis, elle se tourne vers nous qui examinons la scène, désemparées.

— Les filles, restez tranquilles à la maison. Je vous téléphonerai de l'hôpital pour vous donner des nouvelles.

Papa, muet, enfile son manteau et embarque dans l'auto sans même nous saluer. Laura et moi, assises collées l'une contre l'autre sur le canapé, passons des heures à regarder des émissions de télévision sans intérêt. La soirée est longue et triste comme un jour de pluie.

Le téléphone sonne. Maman nous dit qu'elle sera avec nous dans une heure.

Dès son retour, elle essaie de calmer nos inquiétudes.

— Les filles, papa a consulté un médecin spécialiste à l'urgence...

— Un spécialiste des cauchemars? l'interrompt aussitôt Laura.

— Laura, laisse-moi parler, je t'en prie. Euh... En fait, c'est un spécialiste de la santé mentale qui s'appelle un psychiatre. Il pourra traiter son problème

d'insomnie. Mais il y a plus que ça. Votre papa ne dort pas bien, mais en plus, il est très angoissé.

— Où est son bobo? demande Laura.

— Euh... C'est un bobo invisible. Il y a des gens qui ont des bobos qui se voient comme une coupure qui saigne ou un pied qui enfle, mais il existe aussi des bobos invisibles comme un gros chagrin qui nous fait pleurer ou encore une énorme fatigue. Papa, lui, a un bobo invisible. On ne le voit pas quand on le regarde, mais c'est comme un ouragan caché à l'intérieur de lui.

— Papa a une grosse peine? poursuit-elle.

— Euh… Disons que c'est probablement un épuisement, une dépression. Un stress post-traumatique à la suite de son séjour en Afghanistan.

— Un quoi?

— Un stress post-traumatique. Ça arrive quand une personne voit ou vit un événement grave et qu'elle reste en état de choc. Ça peut survenir après un accident, un tremblement de terre, un acte de violence, un incendie, n'importe quoi de traumatisant. Quelque chose qui bouleverse. C'est comme si papa continuait à vivre une grande tension même si la situation de danger n'est plus là.

— Mais pourquoi réagit-il comme ça maintenant? dis-je. Quand j'étais petite, il a fait des missions à l'étranger, et jamais il n'est revenu aussi tourmenté.

— Je ne sais pas trop. Je pense que c'est l'accumulation de tout ça.

— J'aimerais tant retrouver mon papa d'avant.

— Moi aussi, ma belle. Si tu savais comme je m'ennuie de mon chum amoureux et rieur.

— Sera-t-il longtemps à l'hôpital?

— Je n'en sais rien. Tout dépend de sa guérison. Les filles, on va y arriver tous ensemble. Mais pour ça, on doit être en forme. Donc, vite, au lit !

Je me couche en me demandant comment va papa dans son lit d'hôpital. Il doit se sentir bien seul ce soir.

Je considère que Marilou a un bon caractère. Aujourd'hui, durant la pause de l'après-midi à l'école, deux filles de la classe nous ont insultées devant tout le monde. Maud s'est approchée de Marilou et l'a apostrophée :

— Toi, les gars, ça ne te dit rien ?

— Hein ? Oui, mais je n'ai pas besoin de chum pour être bien.

— Tu es toujours en train de faire du sport. Il n'y a pas juste le basket et la natation dans la vie !

— Je le sais bien. C'est quoi ton problème, au juste, Maud ?

Plutôt que de répondre, l'impolie s'est tournée vers moi.

— Puis toi, madame crayons de couleur, on dirait que tu n'as pas dépassé le stade de huit ans. Un vrai bébé. À onze ans, tu n'es pas tannée des jeux pour fillettes ?

Ses commentaires blessants m'ont frappée droit au cœur et je suis restée bouche bée. Son amie Sandra en a même rajouté :

— Plutôt que de dessiner et de faire des albums de *scrapbooking,* tu devrais te mettre un peu de couleur dans la face. Le maquillage, ça existe !

— C'est bien plus intéressant de faire du sport ou du bricolage que de passer des heures devant le miroir à se maquiller et à se crêper le toupet, a rétorqué Marilou. Tu parles d'une perte de temps !

L'intervention de ma copine m'a donné du courage.

— En plus, ce n'est même pas beau, vos décorations dans la face ! Vous avez l'air de deux catins mal barbouillées.

— Voyons, les filles ! a coupé une enseignante. Arrêtez vos insultes !

La cloche de la récréation a sonné au bon moment, car les « top-modèles » étaient furieuses.

La journée d'école s'achève et cette tension très dérangeante se poursuit sur le chemin du retour. Marilou s'adresse encore à Maud et à Sandra.

— Mêlez-vous de vos affaires et tout ira bien.

J'admire son cran. Elle me confie :

— Si elles connaissaient le plaisir de faire du sport, elles ne diraient pas ça. Avoue qu'elles sont malhabiles dans les cours d'éducation physique.

— Oui, mais ce n'est pas une raison pour nous offenser. Je te ferai remarquer qu'elles ne sont pas très douées en dessin non plus.

— Si elles se permettaient encore de jouer ou de bricoler, suppose Marilou, elles seraient peut-être moins frustrées. À part ça, qui a dit qu'en sixième année, il fallait se maquiller et avoir un chum ?

— Personne !

— Oublions ça. C'est ridicule !

Je raconte nos mésaventures à maman une fois à la maison et elle m'apprend qu'elle a aussi entendu des propos malveillants à l'heure du dîner au travail. Les employés du journal discutaient du rôle des soldats dans la société, en passant de leur importance capitale jusqu'à leur inutilité totale. Ils ont abordé la souffrance de certains militaires au retour de la guerre. Ma mère a décidé de se taire devant ce sujet épineux, préservant ainsi l'intimité de notre famille. Je crois qu'elle aussi a eu de la peine aujourd'hui…

Ouf ! Une journée à oublier ! On n'a pas besoin de ça ces temps-ci !

Ça fait une semaine que papa est hospitalisé. Maman lui rend souvent visite, mais elle préfère que Laura et moi attendions encore avant d'aller le voir. Il doit se reposer.

Alors que nous vidons les sacs d'épicerie, ma sœur bombarde notre mère de questions :

— Pourquoi papa est encore à l'hôpital ? Quand revient-il ? Où est son bobo invisible ? Va-t-il mourir comme grand-papa ? Est-ce que les docteurs vont couper son ventre comme celui d'oncle Mario ?

Maman soupire et nous invite à nous asseoir sur le canapé du salon.

— Les filles, papa est hospitalisé en psychiatrie. Depuis plusieurs années, il a vécu des moments difficiles qui l'ont bouleversé. Quand il est allé en Bosnie, il a vu des personnes assassinées, des familles détruites et des maisons en feu. Et ça l'a beaucoup marqué. Il était correct au retour de ce pays en guerre, mais depuis l'Afghanistan, d'autres images se sont rajoutées et il est encore plus ébranlé. De mauvais souvenirs refusent de s'effacer de sa mémoire. À plusieurs reprises, il était en situation de grand danger où il risquait d'être tué ou d'exploser à cause d'une mine placée sur son chemin. Il a perdu son ami Mathieu aussi, et ce drame ne passe pas du tout. Même s'il vit ici, dans un pays en paix, il continue de ressentir du danger partout. Il sait que ce n'est pas normal, mais il ne peut pas faire autrement. Il est toujours comme en état d'alerte.

— Oui, mais où est son bobo? répète Laura. Dans son ventre?

— Euh… Non. Dans ses pensées. Il ne réussit plus à gérer les émotions fortes.

— Alors, c'est dans sa tête.

— Si on veut. Disons qu'il est fragile psychologiquement.

— Psy... quoi? demande ma sœur.

— Arrête de poser cent mille questions, dis-je bêtement. Papa est hanté par des mauvais souvenirs et il doit se reposer. C'est tout.

Maman semble contente de mon intervention qui fait enfin taire ma sœur.

— Papa prend des médicaments pour se calmer. Il dort beaucoup. Et une équipe de professionnels qui connaissent bien le stress post-traumatique s'occupe de lui. Ce n'est pas le premier à qui ça arrive. Il y a environ 15 à 20% des soldats qui en souffrent en revenant d'une mission difficile.

— Peut-on aller le voir? dis-je.

— Oui, on ira bientôt toutes les trois. Je vous préviens qu'à l'étage où il est hospitalisé, il y a toutes sortes de gens qui traversent une période difficile. Quelques-uns ont des comportements surprenants.

— Comme le chanteur dans notre rue? lâche spontanément Laura.

Maman et moi éclatons de rire en songeant à monsieur Pelchat qui se balade toujours avec un ancien radio-cassette en chantant des airs ennuyants à tue-tête.

— Oui, il peut y avoir des personnes comme monsieur Pelchat. Des gens comme lui ou encore des gens qui pleurent tout le temps ou d'autres qui agissent bizarrement.

— Comme la fille dans le parc qui se gratte sans arrêt? dis-je.

— Ou le barbu qui fait du vélo en parlant tout seul?

Maman s'étonne de nos comparaisons avec des gens du quartier.

— Je crois que vous avez très bien compris ce que je veux dire. Et vous verrez que papa est un peu ralenti par les médicaments.

— J'ai hâte de le voir quand même.

— Moi aussi! Moi aussi! répète ma pie de sœur.

On n'entre pas comme on veut dans le département de psychiatrie où séjourne mon père. Nous devons sonner, nous identifier et, ensuite, on nous laisse passer.

Dans le corridor, nous croisons un homme grand et maigre qui longe les murs. Il marche en ligne droite, les yeux fixes, et ne semble pas nous voir. Une dame qui se promène nous salue chaleureusement. Elle n'a rien de spécial, celle-là. Elle nous aborde :

— Êtes-vous les filles de monsieur Patrick ?

— Oui.

— Oh ! Votre papa sera content de votre visite.

— Vous le connaissez ? dis-je.

— Un peu. Il est mon voisin de chambre, nous apprend-elle en montrant du doigt la porte numéro 108. Il me parle de vous deux chaque jour.

Papa, vêtu de son vieux jean et de son tee-shirt noir, est assis dans un fauteuil.

— Papa ! Papa ! s'écrie ma sœur.

— Salut, les filles, marmonne-t-il faiblement, en nous serrant très fort contre lui.

Lorsque j'entoure son torse de mes bras, je réalise à quel point il a maigri.

J'aime ça être collée contre lui et j'ai peine à me détacher de son corps chaud. Même chose pour ma sœur. Toutes les deux sommes soudées à lui. Après l'étreinte, papa semble très ému. Il sourit, mais ses paupières débordent de larmes. Il embrasse maman, qui se retient de pleurer elle aussi. Laura, excitée, serre de nouveau papa de toutes ses forces.

— Mon papou d'amour ! Mon papou d'amour ! chantonne-t-elle avec affection.

— Comment vas-tu ce matin ? demande maman.

— Je *pette* le feu, précise-t-il avec une pointe d'humour.

Son regard passe de l'une à l'autre, avec lenteur.

— T'endors-tu, papa ?

— Oui. La médication m'assomme. Il paraît que c'est normal, les premières semaines. Je me sens un peu tout croche, mais on me dit que ça va s'atténuer avec le temps.

Nous parlons de l'école, du quotidien et de Noël qui approche. Papa sourit, mais il y a un genre de voile qui fait de l'ombre sur ses pupilles. Il nous écoute. Ce n'est pas mon papa d'avant mais, au moins, il est plus calme.

— Papa, est-ce que tous les gens ici ont des bobos invisibles comme le tien ?

— Pardon ? répond papa, très surpris.

— Ici, en psychiatrie, explique maman, tous les patients ont des problèmes différents, mais qui ne paraissent pas toujours.

— C'est quoi la maladie de la dame qui nous a montré ta chambre ? dis-je à papa.

— Ah... Elle vient de perdre son frère et sa sœur dans un accident de voiture. Elle ne mangeait plus et se laissait mourir seule chez elle. C'est une amie qui l'a emmenée ici pour qu'on puisse soigner sa dépression. Un autre patient sur l'étage ne peut supporter la moindre poussière. Il nettoie tout, se lave tout le temps les mains et refuse de toucher les poignées de porte. Il y a aussi une jeune femme qui refuse de se nourrir par peur de prendre du poids. Elle est tellement maigre qu'on voit ses os. Bref, il y a toutes sortes de problèmes ici.

Au bout d'une heure de bavardage, nous quittons papa afin qu'il se repose. Avant de regagner l'ascenseur, nous devons traverser un long corridor.

— Ici, c'est le département d'ortho-
pédie, mentionne maman.

— Hé! Maman! Regarde! s'écrie
Laura. La dame porte un gros bandage
bleu autour du cou, comme un collier.

— Chut! la réprimande maman,
gênée des exclamations spontanées de
ma sœur.

— Ayoye! dis-je à mon tour en voyant
un homme couché dans un lit avec un
gros plâtre sur un bras et deux autres
aux jambes.

— Les filles, parlez moins fort, s'il
vous plaît.

— Roxane, regarde ici, me chuchote
Laura en apercevant une fille qui marche
dans le couloir avec une grosse botte
noire et des béquilles.

— Oh! As-tu vu là-bas au fond de la
chambre? Un monsieur est branché de
partout. Des tubes lui rentrent dans les
bras et dans le nez.

— Bon, c'est assez, les filles! Ce n'est
pas un cirque ici. Soyez plus discrètes,
je vous en prie.

— Ces gens-là sont de vrais malades,
explique Laura. Ils ont de vrais bobos
qu'on peut voir pour vrai. Pas comme
celui de papa!

Enfin, papa va mieux et il est revenu à la maison. Ses quatre semaines d'hospitalisation m'ont paru bien longues. C'est arrivé souvent qu'il doive nous quitter pendant plusieurs mois pour son travail et je m'habituais à son absence, mais là, j'avais toujours envie de le voir. Peut-être parce que je le savais tout près de chez nous...

Il est moins agité la nuit et se lève plus reposé le matin. Par contre, le jour, il a parfois l'air d'un zombie. Ses gestes sont plus lents et ses réponses à nos questions, moins spontanées. Il paraît que c'est normal, le temps qu'il s'adapte à la médication qui va l'aider à traverser cette crise. Ses yeux tristes sont encore là, plantés dans son visage amaigri. Dans cet état, il est incapable de travailler, évidemment.

C'est donc long à guérir, ce bobo-là !

3

Un peu de lumière

La première neige tombe sur la ville pour l'anniversaire de maman. C'est un beau 10 décembre tout blanc. Papa et moi allons au supermarché acheter les aliments pour préparer une délicieuse raclette. Mon père avance dans l'allée en fixant la liste que maman a écrite. Il lit l'énumération de mots sans faire de lien avec ce qu'il faut rapporter. Il pousse le panier, l'œil rivé sur le papier, mais ne saisit aucun produit sur les tablettes. Il plane encore sur une autre planète.

— Papa?

— Euh... Oui?

— Tu ne mets rien dans le panier?

— Oui, oui. Je lisais la liste. S'il te plaît, Roxane, va chercher le fromage à raclette et les champignons.

— OK, mais toi aussi, prends des choses.

— Bien sûr!

Bon, le voilà revenu sur terre. Nous avons finalement trouvé tout ce qu'il faut. En sortant du commerce, un coup de klaxon fait sursauter papa. Constatant l'absence de danger, il se rend à l'auto sans mot dire, le souffle court, et il se calme. Je vois bien que sa médication n'a pas tout réglé.

Tous ensemble, nous coupons les champignons, les poivrons, le saucisson de Bologne, les pommes de terre et les cornichons sucrés, en écoutant les chansons de Francis Cabrel. Dans notre famille, lors de l'anniversaire de l'un d'entre nous, c'est un rituel d'écouter sa musique préférée. Je sais qu'après Cabrel, ce sera Richard Desjardins que maman voudra entendre. Elle fredonne en plaçant dans des assiettes des pétoncles, des crevettes et du poulet mariné. Je salive devant ce régal à venir. Laura se fait disputer, car elle s'empiffre de cornichons, la gourmande.

Une fois bien assis, nous trinquons à l'anniversaire de ma mère.

— Bonne fête, maman !

— Merci ! Je vous aime, exprime-t-elle avec des trémolos dans la voix.

Papa sourit et lève son verre.

— Heureux anniversaire, ma chérie ! Tchin ! Tchin !

Un tour des actualités anime la discussion : la première bordée de neige, la partie ratée des Canadiens de Montréal, le temps des Fêtes à venir et nos péripéties à l'école. Maman parle un peu de ses articles de journaliste politique auxquels ma sœur et moi ne comprenons que peu de choses et papa nous informe qu'il veut retourner au travail bientôt. À le voir si loin de la guérison, personne ne semble y croire.

Le souper familial est un véritable festin. Au dessert, papa nous offre des truffes. Que c'est bon ! C'est avec le ventre bien rond que nous regardons une comédie romantique à la télévision. Je passe la soirée blottie contre mon papa d'amour. Je me sens si bien…

Voilà maintenant trois mois que papa est en convalescence. Ses sorties se limitent aux visites médicales et à quelques courses à l'épicerie. Depuis une semaine, il a recommencé à s'entraîner dans un centre sportif. Il en a vraiment besoin, car ses muscles ont fondu. Au moins, il y a ça de nouveau dans sa vie. Ce soir, pour la première fois, il nous a concocté un délicieux repas. Papa est beau quand il est occupé.

— Au menu : une casserole d'agneau aux légumes, nous annonce-t-il.

— Oh ! Super ! s'exclame maman avec son plus beau sourire.

Elle farfouille dans les casseroles et l'interroge au sujet de sa nouvelle recette. Une petite joie fragile circule dans la maison. C'est comme un bonheur retrouvé. Laura grimace et chipote dans son assiette. Je prie pour qu'elle se taise et ne salisse pas cet instant de gaieté. Maman, craignant probablement la même chose, raconte une blague entendue à son travail. Ma sœur en oublie ses jérémiades. Fiou! Pour dessert, papa a cuisiné un pouding chômeur qui envoûte nos papilles gustatives.

— Un pouding chômeur fait par un chômeur? ose dire maman en taquinant mon père.

— Très comique! Mais sache que je ne suis pas un vrai chômeur.

— C'est quoi, un chômeur? questionne ma sœur.

— C'est évident! C'est quelqu'un qui chôme, dis-je bêtement.

— Et ça veut dire quoi, chômer?

— C'est ne pas travailler. Hé! Que tu m'énerves avec toutes tes questions.

— Un chômeur reçoit de l'argent même s'il ne travaille pas, précise papa, car il a une assurance-chômage. Moi, je suis en congé de maladie. Ce n'est pas pareil.

— C'est vrai, mon chéri. Je voulais juste faire une blague.

— Emmy, ta plaisanterie est tellement tordante que je me roule par terre, envoie papa, le plus sérieux du monde, mais avec une lueur taquine dans les yeux.

Le souper se termine sur un ton d'humour, comme j'aime… Ça faisait longtemps que cela s'était produit sous notre toit.

C'est Noël! Plutôt que d'aller réveillonner dans la famille de maman comme nous en avons l'habitude, nous célébrons chez nous. J'aurais préféré fêter avec mes cousins et cousines, mais la décision est prise. Puisque tout est changé ici, je n'ose exprimer mon désaccord de peur de créer d'autres problèmes.

Laura et moi avons décoré le sapin à la dernière minute. Mon énervante de sœur a très mal installé les guirlandes, qui sont presque toutes à gauche de l'arbre. En plus, notre sapin est minuscule et beaucoup moins lumineux qu'à l'habitude. Même le décor des Fêtes subit la morosité de papa. Un petit réveillon, un petit sapin et probablement de petits cadeaux, tant qu'à y être!

J'ai hâte que le temps gris laisse véritablement la place au plaisir.

Papa a suggéré que nous allions à la messe de Noël. Quelle idée ennuyante! Mais, pour une fois qu'il a le goût de faire quelque chose, nous n'avons pas osé nous y opposer. À ma grande surprise, j'y croise plusieurs familles du quartier et quelques amies. L'église est magnifique. Des sapins illuminés, de nombreux cierges allumés, des dorures plein le plafond et des statues qui nous observent en silence. Papa est enchanté d'être dans ce lieu de prière et de recueillement. À tout moment, il nous regarde affectueusement et nous tapote l'épaule. On dirait que ses yeux commencent à sourire.

La chorale égaie l'assistance de beaux chants de Noël. Étonnamment, j'aime ça. Maman a tellement fredonné ces mélodies que je les connais par cœur. Papa chantonne du bout des lèvres. Lorsque je vais communier avec lui, il fait le galant en me laissant passer devant lui, tout fier. Est-ce l'église qui le transforme? Ou Noël? Est-ce que mon père prie souvent? J'avoue être étonnée par son changement d'attitude. Le voir heureux me rend de bonne humeur. Maman est super belle. Elle a coloré ses pommettes d'une poudre dorée scintillante. Laura porte fièrement sa nouvelle barrette rose qui retient sa longue tignasse frisottante.

Après la messe, nous nous souhaitons un joyeux Noël en nous étreignant très fort. Tout ce qui suit n'est que plaisir et bonheur. La magie des cadeaux fait son œuvre. Ma sœur et moi sommes vraiment gâtées. Nous aurons de quoi bricoler pendant un an. Papiers, crayons, cartons, feutrines, ciseaux dentelés, poinçonneuse spéciale, fusil à coller, albums, livres d'artistes… J'ai beau avoir onze ans, je raffole autant qu'avant de la papeterie et des articles de bricolage. Moi, ma passion est le *scrapbooking,* et Marilou, c'est le sport. Nous préférons ça au maquillage et aux mèches de couleur dans les cheveux qui semblent maintenant être l'attrait principal des filles de notre classe. Tant pis pour elles!

Papa examine avec soin ma carte de Noël.

Je t'aime, papa. Je souhaite que la tristesse s'efface de tes yeux pour toujours. Roxane xxx

Ému, il verse quelques larmes. Pour l'émouvoir encore plus, Laura lui demande:

— Est-ce que ton bobo invisible est guéri?

— Presque guéri, ma chouette, prononce-t-il, le cœur plein d'émotions.

J'adore les lendemains de Noël, ces matins silencieux où je contemple la montagne de cadeaux que j'ai reçus la veille. Alors que je farfouille dans les présents regroupés au pied du sapin, papa se pointe dans le salon.

— Salut, papa! Bon matin!

— Bonjour, ma cocotte.

— Je suis contente de mes cadeaux. Tellement contente!

— Tant mieux! Moi aussi, on m'a offert de belles choses, enchaîne-t-il en se pavanant avec sa nouvelle robe de chambre.

— Papa, viens dessiner avec moi.

— Quoi?

— Viens! J'ai une grande feuille pour toi et des nouveaux crayons de couleur.

— D'abord, je vais déjeuner. Ensuite, on verra. Et tu sais bien que je suis nul en dessin.

— Papa, tout le monde est capable de dessiner. Tu en faisais avec moi avant.

Sur ces paroles qui semblent être tombées à pic comme une roche dans le fond d'une rivière, papa me tourne le dos et se prépare un café.

Laura s'approche de moi et jubile d'avoir une complice pour crayonner avec elle. Installées autour de la table, nous créons de nouvelles esquisses. Papa déjeune et, tasse de café à la main, il nous rejoint. Le voilà qui fait le croquis d'une maison et d'un arbre.

— Tu dessinais la même chose quand j'étais petite, lui dis-je.

— Comme tu vois, je suis resté au même niveau.

— Essaie autre chose.

— Je n'ai aucune idée.

— Tu pourrais reproduire un de tes rêves.

— Dis donc, tu ne lâches pas, toi! envoie-t-il en repoussant sa feuille de papier.

— C'était juste une idée.

— Oh oui! Moi, je dessine mon rêve! s'exclame Laura, trouvant l'idée très inspirante.

— Raconte-moi ton rêve, lui propose papa, et je vais t'aider à le dessiner.

Ma sœur est au paradis d'avoir son attention. Elle explique son rêve de princesse en grande robe blanche qui marche d'un nuage à l'autre et qui s'apprête à grimper sur la pointe d'une immense étoile. Lui essaie tant bien que mal de tracer des nuages.

— Non, papa! Pas comme ça! Ils doivent être plus ronds et plus mous, les nuages.

— Plus mous? Comment on dessine ça, un nuage mou?

— Il faut que les pieds de la princesse s'enfoncent un peu dedans quand elle marche.

— Hein? Mais je suis incapable de représenter ça, moi, des pieds qui s'enfoncent dans un nuage mou. Tiens! Je vais plutôt faire l'étoile.

Alors que Laura dessine à larges traits la robe blanche, papa fait une étoile.

— Hé! Papa! Une étoile n'a pas autant de pointes.

— La mienne, oui, coupe-t-il en traçant avec gaucherie une pauvre étoile qui a l'air d'une pieuvre.

— Mais c'est impossible, explique Laura, tenace.

— Tout est possible dans un rêve.

Ils sont drôles à voir. Ils s'obstinent et se taquinent, mais réussissent tout de même à faire un beau croquis de princesse. Je réalise que ma sœur a un certain talent d'artiste et, chose sûre, il ne provient pas de mon père.

Février débute dans une grande froideur. Sur le thermomètre extérieur : -20 degrés Celsius. Brr ! Après le déjeuner, mes parents sirotent leur café en lisant le journal, Laura regarde les dessins animés à la télévision et moi, j'écoute de la musique.

Louis, un compagnon de travail de mon père, se pointe chez nous en fin d'avant-midi. Il arrive avec des chocolatines pour toute la famille. Même si je n'ai plus faim, j'engouffre cette délicieuse pâtisserie. Papa est surpris de voir son ami.

— En forme, Louis ?

— Oui. Et toi ?

— Euh... Oui. Ça va mieux.

— Excellent, répond Louis en tapant sur l'épaule de mon père.

Et il ajoute :

— Patrick, je suis venu te dire que je repars en mission dans deux semaines.

— Pour combien de temps ?

— Six mois.

— Fais attention à toi. C'est parfois plus dur qu'on pense.

— Oui, je sais.

— Et le stress post-traumatique, ça existe pour vrai. Je ne pensais jamais vivre ça.

Laura, la bouche pleine de pâte au chocolat, se mêle de la discussion :

— Louis, savais-tu qu'à la guerre, les soldats peuvent attraper une maladie invisible ?

— Euh… Oui, c'est exact, approuve Louis, en décodant la remarque de ma sœur.

Les adultes parlent ensuite de toutes sortes de choses, sauf du travail. Aussi bien changer les idées de mon père ! Près de la porte, papa donne la main à son ami et lui effleure le bras.

— Sois prudent.

— Promis. Je trouve ça bizarre de partir sans toi. On a fait plusieurs missions ensemble.

— Oui, mais tu iras sans moi cette fois.

— Je comprends. Je tenais quand même à te saluer avant mon départ.

— C'est gentil. Merci ! Bons six mois !

Afghanistan

4

Papa et les bourgeons du printemps

Le soleil de la fin de mars annonce une journée magnifique. Marilou, la sportive toujours prête à bouger, m'a proposé de sortir nos vélos et d'aller sur les plaines d'Abraham. Bonne idée!

Casque sur la tête et victuailles dans notre sac à dos, nous roulons jusqu'à une belle butte donnant une vue imprenable sur le fleuve. À part quelques amoureux qui se bécotent et une famille jouant au ballon, nous sommes seules sur notre grand carré d'herbe fraîche.

Assises face au Saint-Laurent, nous savourons notre lunch. C'est bizarre, mais la nourriture est toujours meilleure en pique-nique. Mon vulgaire sandwich aux œufs se transforme en haute gastronomie et mes carottes crues sont savoureuses et croquantes à souhait. Marilou dévore son sous-marin jambon-fromage comme si c'était un festin.

— Dis donc, comment va ton père? A-t-il encore peur des perdrix? échappe-t-elle avec ironie.

— Eh! Ne te moque pas de lui.

— Excuse-moi, mais tu sais ce que je veux dire. Est-ce qu'il va bien?

— Euh... Un peu mieux, je dirais. Mais il n'est pas comme avant. Il est... fragile.

— Moi, je trouve qu'il a l'air moins maigre. Ses joues sont plus rondes.

Marilou fixe le courant d'eau et devient triste tout à coup.

— Roxane, tu es venue souvent chez moi ces derniers temps, mais tu n'as pas remarqué ce qui se passe.

— Qu'est-ce que tu veux dire?

— Mes parents vont divorcer. Ils ne s'entendent plus du tout et se chicanent souvent.

— C'est vrai?

— Je ne ferais pas de blagues avec ça.

— Vas-tu déménager?

— Oui et non. Je vais alterner entre les deux résidences. Deux semaines avec papa, qui garde la maison, et deux autres avec maman. Ça ne me tente pas du tout, mais je suis obligée de m'en accommoder. Mon frère et moi n'avons pas envie de vivre ça.

— À ce que j'entends, ce n'est pas plus drôle chez toi.

— En effet. Bon, fini le mélodramatique! On va bouger, d'accord?

Nous enfourchons nos vélos et continuons notre randonnée. Alors que nous descendons une pente des plaines, une dame traverse le chemin avec son épagneul. J'ignore pour quelle raison, mais la laisse du chien se détache et l'animal court dans tous les sens. Heureux comme dix d'être en liberté, il saute partout. Il se dirige vers nous, la langue sortie. Mon amie réussit à l'éviter de justesse en me barrant la route. Je freine brusquement et trébuche contre la chaîne de trottoir longeant la pelouse. PAF! J'atterris sur le poignet droit. Crac! J'ai l'impression qu'on m'a arraché la main. Une douleur atroce me retient au sol quelques secondes. Ayoye! Ayoye! Je m'assois sur l'herbe, le souffle coupé par les élancements. La dame rattrape son chien et l'attache. Marilou peste contre elle :

— Vous ne pourriez pas faire attention?

— Je suis désolée, bredouille la femme, affolée. C'est la première fois que ça arrive. Je ne comprends pas pourquoi la laisse s'est détachée.

Marilou tente en vain de me réconforter, mais la douleur est trop intense. La dame, constatant mon incapacité à

reprendre mon vélo, sort son cellulaire pour demander du secours.

— Outch! Ça fait vraiment mal.

Je réussis avec peine à me calmer. Marilou emprunte le téléphone de la femme et communique avec mon père. La douleur irradie dans ma main. Un policier surgit dix minutes plus tard et me fait monter dans son véhicule pour m'emmener à l'hôpital. Marilou reste sur les plaines avec les vélos et téléphone à sa mère pour qu'elle vienne la chercher. Le policier rappelle papa et lui donne rendez-vous au centre hospitalier. C'est bizarre de prendre conscience que je suis dans une auto de police, là où ont dû s'asseoir toutes sortes de personnages.

À l'urgence, une médecin grande et costaude, à la chevelure noire, m'examine rapidement et m'envoie en radiologie sur-le-champ. En revenant, elle m'apprend que j'ai une fracture du poignet. Ah non!

— Une fracture de l'épiphyse du radius relativement simple et non déplacée. Une belle fracture, spécifie-t-elle en souriant.

— Une belle fracture? Il y en a des laides?

— Hi! Hi! Hi! échappe-t-elle bruyamment. Je veux dire une fracture qui ne nécessitera pas de chirurgie. Seulement un plâtre. En fait, c'est comme un bandage en fibre de verre.

— Pour combien de temps?

— Environ six semaines.

— Quoi? C'est long, six semaines!

— Bon, viens ici, on va te faire ça tout de suite. Quelle couleur veux-tu?

— Je dois choisir une couleur? Euh... Rose!

Papa arrive alors qu'on moule un bandage en fibre de verre autour de mon avant-bras et de ma main. Seuls mes doigts peuvent encore bouger.

— Simple fracture du poignet, résume l'orthopédiste. Revenez dans deux semaines. On va faire une radiographie de contrôle pour voir si tout va bien.

— Et vous allez me l'enlever?

— Non, je n'ai pas dit ça. On va d'abord vérifier la fracture et la consolidation. On verra ensuite.

Elle s'adresse maintenant à papa:

— Il faudra observer ses doigts. S'ils deviennent enflés ou bleutés, ou si sa main s'engourdit, repassez à l'urgence.

Voici l'ordonnance pour les médicaments contre la douleur.

— Merci, docteure! Viens, ma puce.

On dirait que mon père a soudainement retrouvé son assurance de parent. Il est droit, souriant, confiant comme avant. Je lui raconte brièvement mon accident en grimaçant à tout moment parce que ça élance encore.

Dans l'auto, figée dans mon attirail, je maugrée contre chaque irrégularité de l'asphalte. J'ignorais qu'un nid de poule pouvait faire aussi mal quand on a une blessure.

— Papa, ne va pas trop vite.

— Je roule lentement, ma fille.

— Tu passes dans tous les trous.

— Voyons donc, Roxane! C'est parce que tu as mal que tu dis ça.

— Ayoye! Ayoye!

— Calme-toi, ma belle. On est presque rendus.

Maman apprend la mauvaise nouvelle au retour de son travail. Elle la reçoit comme si c'était une catastrophe. Je crois qu'elle en avait assez des problèmes actuels.

— Pauvre petite! Pauvre petite! me chuchote-t-elle en m'embrassant la joue.

Puis, elle éclate en sanglots.

— Hé! Maman! C'est juste une fracture!

— Je sais bien, mais on n'avait pas besoin de ça ces temps-ci. Oh! Excuse-moi. Je suis juste dépassée.

— Roxane! Roxane! ânonne la girouette de la famille en me tapotant le bras.

— Ne touche pas! C'est sensible.

— C'est beau, ça! me complimente-t-elle en flattant mon bras rose.

— Beau? Je ne me suis jamais sentie aussi belle que présentement...

— Maman, on a deux blessés dans la famille. Roxane avec un vrai bobo et papa avec un bobo transparent.

Papa reluque ma sœur d'un œil taquin et ajoute avec un brin de joie dans sa voix:

— Dois-je rire de ta blague, Laura?

— Pourquoi pas? répond maman, en retrouvant sa bonne humeur.

Il est très difficile de manger, de me laver et de m'habiller. Je n'ai qu'une main, la gauche. Évidemment, je suis droitière. Ce soir, je veux absolument terminer la carte de souhaits que j'ai commencée pour Marilou. Elle aura douze ans demain. Maman ne peut pas m'aider. Quant à Laura, je n'y compte pas. Elle est bien trop excitée et me tombe sur les nerfs, ces temps-ci. Il reste mon père... mais sa maladresse artistique me fait craindre le pire.

— Papa, je dois finir cette carte d'anniversaire, dis-je en lui montrant mon œuvre inachevée.

— Et alors?

— Tu ne comprends pas?

— Non.

— J'ai besoin d'aide et maman n'a pas le temps.

— Donc?

— Papa, tu as très bien compris. J'ai besoin de toi pour la terminer. Il faut coller deux rubans, un morceau de dentelle et faire tenir ces photos-là.

— Je crois qu'il y a erreur sur la personne. Ta mère serait meilleure que moi.

— Oui, mais elle fait des choux à la crème en ce moment et je sais que tu peux encore moins la remplacer dans ce domaine. Faire du collage et découper, ce n'est pas la fin du monde !

— Presque.

— Allez ! Aide-moi.

— Je ne garantis pas mon travail, grommelle-t-il en saisissant ma carte avec ses grosses mains malhabiles.

Je lui donne des consignes et il s'exécute comme il peut. Le ruban jaune zigzague sur le carton alors qu'il devait être droit. Mon père doit essuyer quelques plaques de colle qui dépassent de la dentelle. Les photos, malgré mes recommandations, ne sont pas alignées. Pauvre papa ! Il a ses deux mains, mais il ne possède visiblement pas le gène du bricolage. Ce serait injuste de le critiquer, car il fait des efforts inouïs pour m'aider.

Ma sœur a sorti son gros feutre noir et s'amuse à faire des dessins sur mon fibre de verre. Des chiens, des chats, des arbres, des enfants, des ballons. Un peu de tout ce qui lui passe par la tête.

— Papa, il reste un papillon à coller.

Maman sourit en examinant le résultat. Petits yeux complices avec moi.

Laura, elle, déborde d'admiration devant le chef-d'œuvre de mon père.

— Wow! Papa! Tu es super bon en *scrapbooking*!

— J'en ferai peut-être une seconde carrière.

— Tu dois maintenant signer la carte, dis-je.

— Oublie ça.

— On l'a fabriquée à deux, tu sais.

— Dis donc, Roxane, as-tu honte de la signer toute seule?

— Ah! Ah!

— Dis à ton amie Marilou qu'il y a énormément de travail là-dedans.

Il est drôle, mon père. Malgré sa gaucherie, il a quand même accepté de m'aider. Il était tellement concentré sur chacun de ses gestes, comme s'il avait oublié la guerre, l'espace de quelques minutes. Qui sait? Peut-être que manipuler des rubans et des papillons l'a rendu heureux...

— Merci, papa. Tu es gentil.

— Gentil, mais pas très artiste!

Pierre-Luc, un ami de maman, vient souper avec nous. Il arrive, les bras chargés de cadeaux : du vin pour les parents et des chocolats belges pour Laura et moi. Son chandail de laine est aussi bleu que ses yeux.

Pierre-Luc a étudié avec maman en journalisme à l'université. Il est maintenant reporter à l'étranger. Avant, il travaillait avec elle pour le même journal, mais son rêve a toujours été d'exercer sa profession dans différents pays du monde. Ma mère ne l'a pas vu depuis un an puisqu'il vivait au Soudan. L'invité s'assoit dans le salon avec nous. Papa ne parle pas beaucoup. Il voulait aller au cinéma, pour laisser maman avec son ami, mais elle a insisté pour qu'il soit présent.

— Le Soudan, c'est en Afrique ? dis-je.

— Oui, juste à l'ouest de l'Éthiopie.

— Ah...

— Viens, je vais te le montrer sur une carte du monde.

Il ouvre son portable et m'indique l'Afrique.

— J'étais plus précisément ici, au Darfour.

Il me donne un cours de géographie et prend plaisir à me faire découvrir quelques endroits qu'il a visités.

— Oh! Pas facile, le Soudan, ces temps-ci, mentionne papa en expirant bruyamment. La guerre, les camps de réfugiés et tout ça.

— Oui, c'est vrai. Mais j'ai plein de matériel pour mon projet.

— Un reportage? demande maman avec enthousiasme.

— En fait, ce sera un livre sur les enfants-soldats.

— Intéressant, commente-t-elle dans son rôle de journaliste.

— C'est terrible, les enfants-soldats, lâche papa avant de se lever pour aller chercher quelques amuse-gueules.

Les adultes continuent leur conversation alors que je me retire dans le boudoir. Je les épie en écoutant leur discussion.

— Toi, Patrick, arrives-tu de mission?

— Ça fait six mois que je suis revenu d'Afghanistan.

— Et toi, Emmy?

— Moi, je planche sur les élections municipales. J'adore! Sans parler de mon horaire qui me permet d'être avec les enfants plus souvent. Je ne partirais pas à l'étranger. Un par couple, c'est assez!

— Surtout lorsqu'il ne revient pas complètement, bredouille papa en déposant le plateau de canapés.

Pierre-Luc promène ses yeux de l'un à l'autre et devine le malaise. Papa poursuit. Je me concentre pour mieux l'entendre, car il est rare qu'il exprime ses états d'âme.

— J'ai toujours aimé être dans l'armée. Je partais confiant à chaque mission et je rentrais au pays, fier de moi. Satisfait d'avoir réussi mon séjour là-bas et heureux de retrouver ma conjointe et mes deux filles.

— La dernière mission s'est-elle mal passée?

Maman s'adosse et fixe papa avec affection, alors qu'il rassemble son courage et répond:

— J'ai vu trop de choses. Étant combattant, bien sûr que j'avais déjà vu des morts, des habitations détruites, des cendres et du sang... Mais la dernière fois, j'ai vu mourir mon ami et des enfants, dont deux fillettes de l'âge des miennes. C'est ancré dans ma mémoire.

C'était vraiment ça, les pires cauchemars de papa : deux enfants comme Laura et moi qui ont été tuées. Je comprends qu'il n'ait jamais voulu me les raconter.

— La haine pure, je sais à présent qu'elle existe, ajoute papa.

— Tu as raison d'être ébranlé, admet Pierre-Luc. Par contre, la haine est restée là-bas dans ce pays en guerre.

— Je pense que le mal peut exister partout.

— Mais ici, Patrick, nous vivons dans un pays paisible.

Maman, muette jusque-là, prend la parole :

— Je remarque que ton moral est meilleur qu'à l'arrivée, dit-elle avec encouragement.

— Grâce à toi et aux filles. À votre patience.

— Grâce à toi aussi, à tes efforts.

— Emmy, c'est toi qui m'as fait réaliser ma détresse. Pour moi, être malade mentalement, ça voulait dire être faible. Aujourd'hui, je vois ça autrement.

Je ne comprends pas pourquoi j'ai pris le risque de mourir autant de fois. J'aurais pu crever là-bas à la place de Mathieu. Pourquoi ai-je pris la décision, un jour, de risquer de vous perdre? Pourquoi? Je menais ma vie ordinaire ici, avec ma grosse carapace de père protecteur. Le mari et le père invincible qui défend les femmes de sa vie, et paf! monsieur part en mission à l'autre bout du monde en sachant très bien que le retour n'est pas garanti. Ridicule!

— Tu ne pensais pas à ça avant? questionne Pierre-Luc.

— Non. Aussi idiot que cela puisse paraître, je partais blindé et inconscient.

— Tu disais pourtant que les militaires risquent leur vie, rappelle maman.

— Oui, je le disais machinalement, comme tout le monde le dit, sans rien ressentir au fond de moi.

— Si je comprends bien, tu ne veux plus travailler comme combattant, avance Pierre-Luc.

— J'ai donné vingt et un ans aux forces armées canadiennes et c'est désormais derrière moi. Je crois que ma carrière militaire est bel et bien finie. Ceci dit, je ne regrette rien. Je demeure un soldat à l'intérieur de moi, mais je passe à autre chose.

Maman, surprise, ouvre très grand les yeux et lui demande :

— Es-tu vraiment décidé ?

— Oui.

— Et as-tu une idée de ton prochain métier ?

— Pas encore.

Maman est figée et ne parle plus. Est-elle soulagée ou déçue ? Je me pointe dans la cuisine.

— Yé ! Je suis comblée, papa, que tu n'ailles plus à la guerre et que tu restes avec nous.

— Dis donc, nous espionnais-tu ?

— Euh… Oui.

— Roxane, je ne partirai plus loin de vous. Je ne veux plus vous quitter. Je vais trouver un autre métier.

— Tu pourrais être expert en *scrap-booking* ?

Tout le monde s'esclaffe autour de la table. Papa ajoute :

— Je pourrais enseigner le dessin à l'université ou encore les arts plastiques à ton école. Qu'en penses-tu, Roxane ?

— Non ! Non ! Finalement, ce n'est pas une bonne idée.

Toute la famille ricane, mais Pierre-Luc ne décode pas bien nos allusions. Au grand désespoir de mon père, je présente à notre invité les dessins de maisons de papa et ses quelques pages de bricolage. Pierre-Luc rigole à son tour devant les talents artistiques limités de mon père.

— Tu aimes ça rire de moi, hein, Roxane?

Je ne réponds pas, mais je suis ravie de voir mon père retrouver son sens de l'humour.

Samedi, 4 mai. C'est ma fête! J'ai douze ans. Mon cadeau: je n'ai plus de plâtre au poignet depuis hier. Enfin! Ma main est encore faible, mais ça ne fait pas mal. J'ouvre la toile pour laisser entrer le soleil dans ma chambre. Sur mon bureau repose une enveloppe adressée à mon nom. Je la saisis, l'examine, mais ne reconnais pas cette écriture en lettres carrées. Il n'y a aucun timbre, mais plein d'autocollants en forme d'étoiles scintillantes. Ça doit être l'œuvre de ma sœur.

Je décachette l'enveloppe faite d'un carton rouge replié maladroitement, et je découvre une belle carte confectionnée à la main sur laquelle on a apposé des rubans argentés. Moi-même artiste, je ne peux m'empêcher de remarquer les erreurs de cadrage et le manque de précision. Les coins du carton sont percés avec des motifs de fleurs. Dans des feutrines de différentes couleurs, on a taillé les lettres des mots «Bonne fête». À l'intérieur, un cœur rouge embossé avec l'inscription «Je t'aime». Et c'est signé «Papa».

Incroyable! Mon père m'a fabriqué une carte. Je cogne à sa chambre et vais le rejoindre alors qu'il se réveille auprès de maman, encore endormie.

— Wow! Que tu es gentil! lui dis-je en lui montrant son ouvrage.

— J'en ai travaillé un coup, tu sauras! marmonne-t-il en s'étirant de tout son long.

Je m'allonge près de lui et embrasse sa joue rugueuse.

— Merci, mon beau papa d'amour!

— Ça me fait plaisir. Bonne fête, ma chouette! Mais sache que c'est probablement la seule carte maison que tu recevras de moi dans ta vie, envoie-t-il en riant.

Maman se réveille et enlace papa.

— Roxane, sais-tu combien de temps papa a consacré à cette surprise?

— Non.

— Presque une journée complète.

— Vraiment?

— Oui, ma fille, répond papa en riant. Ça, c'est de l'amour!

Laura se pointe à son tour dans la chambre et s'étend près de moi. Ça fait des lunes que nous nous sommes retrouvés tous les quatre dans le lit. Quel beau début de journée!

Comme cadeau, je reçois une nouvelle bicyclette. J'attends que mon poignet soit plus fort et hop! en vélo avec Marilou!

Journée pédagogique pour Laura et moi. Papa, exceptionnellement, dort encore à neuf heures du matin. Maman, elle, travaille jusqu'à dix-huit heures.

Ma sœur et moi avons décidé de préparer une omelette au fromage. C'est d'ailleurs l'odeur du déjeuner qui réveille papa. Il se pointe dans la cuisine, les cheveux sens dessus dessous et les plis de son oreiller imprimés sur sa joue gauche.

— Oh! Mesdames s'affairent à popoter?

— Oui, monsieur. Veuillez vous asseoir, s'il vous plaît, dis-je sur un ton des plus sérieux. Désirez-vous une omelette accompagnée de rôties de pain de ménage?

— Avec plaisir!

Un sourire étire le coin de ses lèvres. Avec ses doigts en râteau, il replace ses cheveux en essayant de donner une orientation à ses mèches rebelles. Il va chercher le journal dans la boîte aux lettres et lit la une à voix haute: «Un autre soldat canadien perd la vie en Afghanistan». Il lance le journal sur une chaise et soupire, l'air bête. Là, j'en ai assez de tous ces moments gâchés par la satanée guerre qui se passe ailleurs.

— Hé! Oublie donc ça pour une fois!

Surprise par ma réaction, il fige sur place. Je me sens mal d'avoir été aussi sèche, mais j'en ai plein mon casque.

Laura saisit une pointe d'omelette avec maladresse et la dépose dans l'assiette de papa. J'ajoute les rôties taillées en triangles. Il respire à fond et sourit enfin de nous voir si attentionnées à son égard.

— Merci, charmantes demoiselles!

Attablés tous les trois, nous savourons notre festin matinal. Papa parle peu, mais dans ses yeux crépite une petite flamme de gaieté. Laura raconte le dernier film de Disney qu'elle a vu : *Histoire de jouets 3*. Elle est comique, car elle ne relate pas l'histoire, mais une foule de détails sans importance.

— Papa, j'aimerais avoir les figurines de Woody et de Buzz. Andy aussi est beau et Jessy encore plus.

— Ah…, gémit papa avec dégoût. Pas besoin de ces bébelles inutiles. Tu as un beau souvenir du film dans ta tête et c'est ce qui compte. Qu'est-ce que ça va te donner de plus?

— Je vais jouer avec.

— Laura, tu veux toujours quelque chose. Un chandail, un jouet, une figurine, une crème glacée, un chocolat. Arrête!

— Je sais, mais j'en veux pareil…

— Il y a des enfants dans les pays pauvres qui n'ont même pas de crayons de couleur ni de cahiers, ni d'eau non plus. Toi, tu as tout, et tu en veux toujours plus.

Bon! Encore l'ailleurs douloureux, la pauvreté et patati et patata. Toujours la même rengaine!

— Laura a six ans et elle s'amuse avec des jouets. C'est normal!

Me voilà à défendre ma sœur, même si elle m'énerve souvent moi aussi. Je trouve que mon père a toujours les mêmes réflexions plates. Moi, j'aurais parfois le goût d'avoir un nouveau jean et des boucles d'oreilles, mais je n'ose pas en parler, de peur de me faire disputer par un parent super têtu.

— Ici, on est au Québec et il n'y a pas de guerre et les enfants jouent avec toutes sortes de choses.

Laura ne réclame plus rien. Papa a encore brisé notre plaisir. C'est vrai que ma sœur désire plein de choses, mais elle a toujours été comme ça. Elle termine ses rôties, dépose son assiette sur le comptoir et boude encore.

— Papa, sors de la guerre pour une fois! lui dis-je.

— Excusez-moi, les filles. Mon retour à la vie normale n'est pas facile. C'est pour ça que je vais en thérapie.

— Est-ce que ça te fait du bien, ces traitements-là?

— Oui, mais c'est long.

— On peut t'aider?

— Vous m'aidez amplement. Juste d'être là avec moi, ça vaut de l'or ! Merci ! Je vous aime tant, nous dit-il en nous caressant la joue.

5

Picolo

Maman coupe des carottes et papa plie des vêtements fraîchement séchés. La maisonnée est silencieuse sans ma sœur moulin à paroles. Bon! La voilà qui revient de l'extérieur où elle jouait avec une copine.

— Maman, ce serait agréable d'avoir un chien.

Je crains la colère de papa qui n'en peut plus des demandes de Laura.

— Quoi? fait maman en sourcillant.

— On devrait avoir un chien.

— Ouf, Laura ! Ça n'arrête pas dans ta petite tête ! Un chien, maintenant ! lâche maman d'un air découragé.

Papa se retient de parler, serre les lèvres. J'avoue que l'idée de ma sœur est très alléchante.

— Oui ! Oui ! Ce serait super ! dis-je avec un peu trop de conviction.

— J'aime les chiens, affirme maman, mais c'est trop d'ouvrage.

— Je vais m'en occuper, coupe aussitôt Laura.

— Moi aussi !

— Tous les enfants disent ça et après un mois, ce sont toujours les parents qui récoltent les tâches. Dresser le chien, essuyer les pipis, ramasser les cacas, promener le chien, le nourrir, le nettoyer, le faire garder, et j'en passe.

— On te promet qu'on va s'en occuper.

— Les filles, je vous arrête. Oubliez ce rêve-là tout de suite, car on n'aura pas de chien. Encore moins de chat. Juste à penser à un chat, j'éternue et j'ai les yeux qui piquent.

Papa, lui, reste muet. Je crois qu'il n'a aucune énergie, ne serait-ce que pour en discuter.

Laura croise les bras avec force, fait la moue et va s'asseoir sur le sofa. Tête baissée, elle soupire bruyamment. Occasionnellement, elle ouvre grand les yeux et remarque que personne ne lui porte attention. Elle saisit donc son livre de chiens et admire pour la centième fois les superbes photos lustrées. Je la rejoins.

— Quelle sorte de chien voudrais-tu, Laura ?

— Mon rêve, c'est d'avoir un chien comme un bichon frisé. C'est un chien enjoué et il est super beau avec son poil long et frisé, sa truffe noire luisante et ses yeux foncés. J'aime aussi les caniches. Et toi ?

— Comme toi, je préfère les petits chiens. Je choisirais un chitsu ou un westie.

— Oh ! Regarde celui-là ! s'exclame-t-elle en désignant un yorkshire.

Il est magnifique avec son poil long qui s'étend de chaque côté de sa tête. Je lui montre ensuite un basset.

— Un chien-saucisse ! Il a vraiment l'air d'un saucisson sur pattes.

— Sais-tu ? dis-je en enlaçant ma sœur, un jour, nous irons vivre ensemble en appartement et nous adopterons un chien.

— Oh oui! On en aura deux! précise-t-elle spontanément.

Ce n'est pas surprenant, ma sœur veut tout. Tout le temps!

— Parfait.

Nous nous tapons dans les mains, le cœur rempli d'espoir.

J'en ai marre d'un père en convalescence, d'une mère fatiguée et de l'ambiance morose de notre foyer. Laura est énervante par moments, mais au moins, elle rit et elle a du plaisir. Je trouve géniale son idée d'adopter un chien. J'en ai reparlé à mes parents, mais le projet est condamné à un refus malgré toute tentative pour les influencer. Pour eux, posséder un chien, c'est un paquet de problèmes. Ma mère a même rajouté:

— En plus, un animal comme un chien, ça nous empêche de partir les fins de semaine.

— Mais maman, on ne part jamais…

Ma réponse l'a blessée. Avant que papa ne sombre dans sa dépression, nous allions souvent à l'extérieur rendre visite à des amis. Je crois que le fait d'avoir encore souligné notre vie « d'avant » lui a fait de la peine. Elle n'a rien répondu et moi, je suis restée avec une boule de chagrin dans la gorge.

Je me suis tournée vers Laura.

— Viens ! On va aller marcher et voir des chiens qui se promènent avec leurs maîtres. OK ?

— Oui ! Oui !

Ma sœur exulte.

Nous ne rencontrons que deux chiens. Un monstrueux bouledogue baveux déambulant auprès de son maître. L'autre est un chihuahua qui ne fait qu'aboyer quand on s'approche de lui.

Par contre, nous croisons des chats. Alors que Laura admire un gros matou tigré noir et gris, un autre s'approche. Il est obèse et son poil roux est tout emmêlé. Comme le premier, il s'étend au sol, se roule sur le trottoir d'un côté et de l'autre en quête de tendresse. Les deux félins émettent des miaulements aigus puis, une fois nos doigts glissant dans leur fourrure, ils démarrent leur puissant moteur à ronrons. Les matous, yeux mi-clos, semblent drogués par nos caresses. C'est vraiment drôle.

Nous poursuivons notre chemin et, sur le trottoir, un chat plus noir que les ténèbres nous scrute de ses iris vert pâle. Lorsque je m'approche, l'animal fuit à vive allure, comme s'il craignait une attaque.

— Oh ! Pas trop confiant, celui-là !

— Comme papa ! lance spontanément Laura.

Sa remarque me dérange, mais je pense qu'elle a tout de même raison.

— Ne dis pas ça, Laura.

— Tu ne trouves pas que papa a peur de tout ?

— C'est moins pire qu'avant.

Même si ma sœur est jeune, elle voit bien que ça ne tourne pas rond dans notre famille. Je prononce ce que maman me répète et j'ose y croire :

— Papa va redevenir comme avant.

Nous apercevons ensuite une élégante siamoise. Il est rare que nous voyions ce type de chat dans notre entourage. Je ne raffole pas de cette race avec un visage trop maigre et de grandes oreilles, mais j'avoue que celle-ci est exceptionnellement jolie. C'est une *chocolate point* avec son pelage couleur chocolat et ses yeux azur. On dirait qu'elle participe à un défilé de mode avec sa démarche lente et étudiée. Un vrai mannequin! Par contre, il nous est impossible de l'approcher. Elle émet un feulement qui nous fait reculer. Pas très sympathique, la chatte exotique!

En empruntant la rue nous ramenant à la maison, nous découvrons un groupement de chats gris, tous étendus sur les marches d'escalier d'une résidence. Ces paresseux ont l'air en réunion de famille. Aussitôt qu'on les appelle, ils nous rejoignent et nous frôlent les jambes. Puis, une dame ouvre sa porte et crie:

— Choco! Bingo! Pipo! Toto! Volvo! Venez! Allez! Vite! Venez manger!

Nous pouffons de rire en entendant tous ces noms se terminant en « o ».

Les cinq félins obéissent promptement. Bravo!

— Quelle chanceuse, cette dame! Elle a cinq chats! conclut ma sœur.

— Oui! Quel bonheur! Quand on vivra ensemble en appartement, on aura aussi un chat.

— Certain! Même deux!

Ma sœur est peut-être insupportable par périodes, mais elle est toujours partante quand on lui propose quelque chose de stimulant.

Depuis quelques semaines, papa répare ce qui est défectueux dans la maison. Chaque soir, il semble fier de ses réalisations.

— Laura, ta lampe de chevet est comme neuve. Et j'ai installé une tablette supplémentaire dans ton armoire. Tu auras plus d'espace pour tes cinquante-six mille babioles. Roxane, j'ai changé la souris de l'ordinateur. Emmy, j'ai acheté une autre moustiquaire pour la porte-fenêtre. Et as-tu remarqué? J'ai solidifié la poignée de porte du boudoir. Bientôt, il faudra changer le pommeau de douche.

— Merci, monsieur le réparateur. C'est gentil, disons-nous à papa.

Papa a vraiment l'air content de nous rendre service. Il est beau quand il sourit.

En soupant, il annonce à maman qu'il construira une remise dans la cour arrière. Enfin, des projets se dessinent dans sa tête pour remplacer les scènes de guerre.

Afghanistan

Samedi 2 juin. C'est l'anniversaire de Laura. Du haut de ses sept ans, elle se croit très grande. Elle arrive dans la cuisine pour déjeuner, la tête haute, comme si elle avait grandi depuis hier soir. Maman a fait cuire des gaufres. Papa coupe des fruits qu'il dépose avec soin dans nos assiettes et il nous offre des bols de chocolat chaud. Le soleil se reflète sur la nappe des jours de fête, celle avec de gros melons rouges. Ça sent le bonheur, aujourd'hui, dans notre demeure.

Laura a choisi sa musique d'ambiance. Nous savourons donc notre festin en écoutant *Ma coccinelle* d'Annie Brocoli. Eh! Que c'est bébé!

Après le déjeuner, les cadeaux. Je remets à ma sœur des caramels, un encrier et des attaches parisiennes. Maman lui a préparé une grosse boîte dans laquelle elle a emballé des pastilles d'aquarelle, une nouvelle perforatrice et un cahier pour faire des esquisses d'oiseaux. Laura saute de joie et nous embrasse. Puis, elle fixe papa:

— Toi, papa, est-ce que tu me donnes un cadeau?

— Euh... Je ne sais pas... Tu as déjà tant de bébelles, ma fille.

Laura, connaissant l'opinion de papa sur sa panoplie de jouets, baisse la tête, l'air triste. Mais rapidement, elle se tourne vers ses cadeaux et commence à faire le croquis d'une autruche. J'avoue que son cahier attire mon attention. Je décide de me distraire moi aussi en dessinant un oiseau aquatique.

Par la suite, papa va faire des courses. Laura, maman et moi décidons d'aller jouer au basketball dans la cour d'école. Ma sœur rate presque tous ses lancers, mais elle adore s'amuser avec nous.

Maman excelle dans ses tirs au panier et aime se vanter de ses performances.

Une heure plus tard, nous croisons papa en revenant à la maison. Il conduit son auto avec un large sourire qui illumine son visage.

— Dis donc, papa, as-tu rencontré le père Noël? lui dis-je spontanément lorsqu'il baisse sa vitre.

— Mieux que ça. Les filles, allez vous asseoir dans le salon avec maman, ordonne-t-il, et attendez-moi.

— Pourquoi?

— Parce que. Allez! Allez!

Nous nous installons toutes les trois sur le canapé, excitées. Lui reste dans sa voiture comme pour nous faire languir. Maman se questionne autant que nous. La sonnette de la porte se fait entendre. Nous allons accueillir papa qui s'avance avec une grosse boîte. Son sourire est maintenant fendu jusqu'aux oreilles.

— Bonne fête, Laura! clame-t-il en déposant son paquet au sol.

Laura examine la boîte. Quelle n'est pas notre surprise d'entendre des gémissements sous le carton! Elle rabat les côtés et demeure bouche bée devant le petit bichon frisé qui la fixe de ses yeux suppliants. Le rêve de ma sœur prend forme! Le chiot est mignon comme tout. Laura et moi sommes au comble du bonheur devant l'animal en quête d'attention.

— Ah! Un chien! Ah! Il est si beau! nous exclamons-nous en embrassant papa qui, lui aussi, saute de joie.

— Il est charmant! ajoute maman, qui semble avoir changé d'idée concernant l'adoption d'un animal.

— Un bichon frisé comme je voulais, commente Laura en saisissant le chiot avec maladresse. Merci! C'est le plus beau cadeau du monde.

— Adorable! dis-je en enfouissant mon nez dans son pelage frisottant et doux comme de la laine.

Ma sœur le dépose par terre et il se met à gambader avec hésitation sur le plancher. C'est super drôle de voir bouger cette boule de laine blanche qui renifle tout sur son passage. À craquer! Et puis, surprise! Le chiot urine sur la céramique de la cuisine.

— Et voilà! Ça commence! déclare maman avec une pointe d'ironie dans la voix. Bon, les filles, je vais vous montrer comment nettoyer ça, d'accord?

— OK, répondons-nous en chœur, reconnaissantes d'avoir enfin un animal domestique.

Dans les minutes qui suivent, notre nouveau pensionnaire s'endort dans les bras de Laura qui, exceptionnellement, reste assise tranquille, muette et immobile pendant plus d'une heure.

— Quel sera son nom ? sonde papa en embrassant ma sœur sur le front.

Sans hésitation, elle répond :

— Picolo.

Je prends conscience qu'elle désirait avoir un chien depuis longtemps et que déjà, dans sa tête, elle l'avait baptisé.

— Picolo fait désormais partie de la famille, conclut papa, en donnant des bécots sur la tête du chien blanc.

6

La famille avant tout

Maman feuillette le journal, le front plissé, et elle prend des notes.

— Que fais-tu? lui demande papa.

— Je vérifie les offres d'emploi pour toi.

— Ne t'inquiète pas, Emmy, je vais dénicher quelque chose.

Maman lui présente les petites annonces, mais papa ne semble pas très intéressé. Je vois bien que maman est tracassée par le futur métier de mon père.

Laura surgit tout à coup dans la cuisine avec ses lulus et sa voix claire.

— Papa! Papa! Picolo a fait caca par terre.

— Et puis? questionne papa en ne bougeant pas du tout.

— Il faut le ramasser.

— Fais-le, alors, ma chouette.

— Beurk!

— Beurk ou pas, il faut nettoyer. Ça fait partie des obligations quand on adopte un chien. On t'a déjà tout dit ça.

— OK, mais viens me montrer comment on fait.

Papa se lève et s'adresse à ma mère:

— Voilà, Emmy, j'ai trouvé ma nouvelle profession: enseignant pour les soins d'un chien.

Le silence plane dans la maison. Laura fait un casse-tête, maman feuillette le journal et moi, je commence un nouvel album de *scrapbooking* ayant notre famille comme thématique. J'ai choisi des photos de Laura et moi, de notre naissance à aujourd'hui. Je sais à l'avance que mon projet se terminera par une superbe photo de notre nouveau pensionnaire, Picolo.

Mon poignet est plus fort et je réussis à travailler à mon goût. Alors que je découpe une image, j'entends marmonner dans le sous-sol. Je descends les marches silencieusement et je découvre papa, couché sur le ventre, face au chien, qui est lui aussi accroupi dans la même position. Ils sont nez à museau. Mon père parle au chien, tout bas. Très attentif, Picolo semble comprendre ses tourments. Il fixe mon père avec ses petits yeux et laisse échapper quelques plaintes comme s'il lui répondait. Accroupie dans l'escalier, j'écoute leurs confidences.

— Picolo, toi, tu es un chien et tu mènes ta vie de chien. Tu manges, tu dors, tu fais tes besoins (que tu ne ramasses même pas), tu réclames des caresses et tu cours dehors. Une vie normale de chien. Moi, je suis un soldat, mais je ne veux plus être dans l'armée.

Alors, je cherche une autre fonction. Toi, tu n'as pas ce casse-tête-là, car un chien mène une vie d'animal. Mais moi, qu'est-ce que je vais faire maintenant? Je ne connais que ça, la vie militaire. Toi, tu n'as pas à faire une vie de serpent ou de chameau ou de singe, mais moi, en tant qu'homme, je dois me trouver un autre métier. J'ai réalisé dernièrement que j'aime vraiment bricoler. Pas du bricolage comme celui de Roxane, mais des rénovations, des tâches manuelles. J'ai pensé être quincailler. J'aime les outils, la peinture, les panneaux de bois, les armoires et tout ça. Je pourrais débuter en travaillant chez Rona et ensuite, si c'est possible, avoir ma propre quincaillerie. Je serai probablement perdu pour commencer, mais je m'habituerai. Penses-tu que j'en serais capable? Je n'ose pas demander à Emmy ni à mes filles, car à leurs yeux, je veux redevenir le papa fort et solide qui sait où il va. Celui qui n'hésite pas. Mais à toi, je peux le dire. Je tremblote un peu en dedans de moi devant ce nouveau métier, mais en même temps, ça me rend heureux.

Papa arrête de parler, donne un bec au chien et s'apprête à se relever. Je remonte l'escalier sans bruit en gardant pour moi ce beau gros secret.

Papa m'a confié dernièrement avoir terminé sa thérapie. Il ne le sait pas encore, mais ce sera désormais Picolo son nouveau psychologue.

La soirée se termine sur une note d'espoir qui me porte au septième ciel. Je m'endors la tête dans les étoiles.

J'arrive de l'école, empressée de faire mes devoirs, car je vais au cinéma ce soir avec mes amies. Je suis plutôt sidérée d'apercevoir maman assise par terre dans le salon, immobile, face au téléviseur éteint. Elle fixe l'écran vide, l'esprit ailleurs.

— Salut, maman! Qu'est-ce que tu fais là?

— Je me repose.

— Tu vas bien?

— Oui, oui, ma chérie, chuchote-t-elle, les yeux rougis par le chagrin.

— Papa n'est pas là?

— Il est parti marcher. En fait, il est parti se changer les idées, car on vient d'avoir un accrochage sans importance.

— Sans importance, mais tu as pleuré.

— Oui, c'est vrai. Je suis fatiguée, ma grande. Va faire tes devoirs, d'accord?

Après mes devoirs et une bouffe rapide, je monte dans l'auto de papa.

— Pourquoi maman est si triste?

— Bon, un autre interrogatoire de mon enquêtrice préférée!

— Je sais que vous vous êtes chicanés. Maman me l'a dit.

— Ça, Roxane, c'est notre intimité de couple. Tu nous questionnes tout le temps, mais parfois, ça ne te concerne pas du tout. Voici quand même ce que je peux te dire. Bon, écoute-moi bien. Maman est anxieuse parce que je ne travaille pas encore après huit mois d'arrêt. Elle est contente que je ne parte plus en mission, mais elle craint pour l'avenir de la famille.

— Mais c'est une bonne nouvelle que tu restes avec nous, non?

— Oui, mais je dois travailler pour gagner de quoi pouvoir vivre de belles choses en famille. L'argent ne tombe pas du ciel.

— Que feras-tu comme métier ? Moi, je te verrais bien en bricoleur, lui dis-je en pensant à sa discussion avec Picolo.

— Ah ! Bonne idée ! Bon, maintenant, donne-moi l'adresse de tes amies.

Papa recueille mes trois copines et il nous dépose au cinéma où nous allons voir le dernier *Twilight*.

— Bonne soirée, les filles !

Papa utilise souvent l'ordinateur ces temps-ci, car il refait son curriculum vitæ. Parfois, il quitte la maison, vêtu plus chic qu'à l'habitude, et il va rencontrer des employeurs potentiels.

Ce soir, il a cuisiné un pâté mexicain et ses yeux pétillent de joie. Il taquine maman en l'embrassant dans le cou… comme avant. Une fois attablé avec nous, il nous annonce :

— J'ai une belle nouvelle à vous apprendre.

— Tu as trouvé un travail ? dis-je.

— En plein ça ! Et je commencerai lundi prochain.

Maman, visiblement au courant, le regarde avec un petit sourire en coin.

— Où vas-tu travailler ? questionne Laura.

— Chez Rona.

— C'est génial ! Tu es toujours rendu là, de toute façon.

— Bravo, mon amour ! Moi, je te vois très heureux dans ta nouvelle profession. Avant, c'était la mission avant tout. Aujourd'hui, c'est toi avant tout.

Après le repas, papa nous invite à aller manger un gros cornet de crème glacée. Un pur délice !

Je réalise que le bonheur est de retour dans notre famille. J'ai l'impression d'avoir retrouvé mon père. Mon papa d'autrefois qui riait et qui élaborait mille projets refait surface. Je me suis souvent demandé s'il parviendrait à remonter la pente, tellement il était changé et déprimé.

Et maman, si tracassée et mélancolique, semble avoir regagné son énergie. Elle m'a dit l'autre jour que papa était encore fragile, mais qu'avec temps et amour, il saura conserver sa joie de vivre.

Mes parents ont traversé une grosse tempête et Laura et moi étions un peu prises dans la tourmente. Mais, après la pluie, le beau temps !

Les vacances d'été sont enfin arrivées ! Pas d'école, pas d'examens, pas de réveille-matin ! L'enchantement ! Maman aussi est en congé. Cet après-midi, elle nous aide, ma sœur et moi, à classer notre matériel scolaire, soit pour le recyclage, soit pour la poubelle, soit pour ranger jusqu'à septembre prochain. Papa nous rejoint dans la cuisine.

— J'ai quelque chose à vous dire.

— Ah bon ? fait maman.

— Cet été, comme vous le savez, je travaille chez Rona. Mais avant d'accepter cet emploi, j'ai négocié…

Et il se tait, comme s'il attendait qu'on le questionne.

— Négocié quoi ? dis-je.

— J'ai demandé une semaine de vacances pour une activité bien précise.

Il cesse encore une fois de parler.

— Papa, arrête de jouer aux devinettes, le presse Laura. Dis-nous c'est quoi ton projet.

— Une semaine de camping en famille au parc Forillon en Gaspésie.

— Du vrai camping sous la tente?

— Oui, Roxane.

— Oh! C'est super!

— Wow! On part quand? s'informe Laura.

— Dans une semaine, répond maman, complice du projet de mon père.

— Et que ferons-nous de Picolo?

— Picolo? Eh bien! Il vivra sa première expérience de camping.

— Yé! nous exclamons-nous en chœur, Laura et moi.

— Ce sera super drôle avec le chien, ajoute Laura.

— Et ce soir, nous annonce papa, on ira voir les feux d'artifice de la Saint-Jean-Baptiste sur les plaines d'Abraham.

— En es-tu certain? bredouille maman. Tu entendras des bruits d'explosion qui ressemblent un peu à...

— ... des bombes, je sais. Il n'y aura pas de problème. Ne vous inquiétez pas.

C'est vraiment comique de voir papa avec un tablier Rona. Il répond aux clients, l'air heureux. Il a retrouvé son assurance. De plus, hier soir, il a adoré les feux d'artifice. Il sourit en me voyant avancer vers lui.

— Monsieur, je voudrais une lampe pour mon bureau de travail.

Sans que papa ait le temps de répondre, maman poursuit :

— Moi, j'aimerais avoir des conseils sur les armoires de cuisine, car je veux changer les miennes. Mon mari est très bon bricoleur et il me fera ça avec plaisir.

Deux clients attendent pour s'adresser à lui.

— Et moi, papa... Oh pardon ! Et moi, monsieur, je veux changer la couleur des murs de ma chambre. Vendez-vous de la peinture ? prononce Laura comme si elle jouait dans une pièce de théâtre.

Papa éclate de rire devant nos projets qui nécessiteront évidemment sa présence.

— Dites donc, vous trois, avez-vous un homme à tout faire dans votre maison?

— Oui, monsieur! souffle maman avec un sourire coquin.

— Bon, excusez-moi, charmantes dames, mais de *vrais* clients ont besoin de moi.

— D'accord, monsieur le bricoleur. À la prochaine... pour souper tantôt!

Table des matières

Antoine Paquet-Moisan

Claudine Paquet

Claudine Paquet est née à Saint-Raymond de Portneuf et habite maintenant la belle ville de Québec. Amoureuse des mots depuis son adolescence, elle a complété une maîtrise en création littéraire en 1998. Depuis l'an 2000, elle a publié plusieurs livres pour les jeunes et pour les adultes. Claudine figurait parmi les dix finalistes au prix de la nouvelle Radio-Canada 2011-2012, et elle a remporté le prix décerné par le public.

Elle partage son temps entre ses trois fils, son conjoint, ses amis, son chat, son travail en physiothérapie, ses activités physiques, ses lectures, quelques voyages et sa passion : l'écriture. Elle fait partie du Répertoire des écrivains à l'école et adore rencontrer ses lecteurs dans les classes. Elle anime également des ateliers d'écriture pour les adultes et publie régulièrement dans les revues littéraires.

Pour Claudine, écrire, c'est la liberté, le bonheur et l'évasion ! En plus, tout l'inspire, même le quotidien ! En bref, la passion la mène par le bout du nez !

Derniers titres parus dans la
Collection Papillon